W0016391

CELLE QUI PLEURAIT SOUS L'EAU

Né en 1973, Niko Tackian est scénariste de télévision et de bandes dessinées, réalisateur et romancier français. Il est le cocréateur, avec Franck Thilliez, de la série *Alex Hugo*. Son premier roman, *Quelque part avant l'enfer*, a reçu le prix Polar du public des bibliothèques au Festival Polar de Cognac. Ses polars autour du commandant parisien Tomar Khan (*Toxique*, *Fantazmë*) le font connaître du grand public. *Avalanche Hôtel* a connu un beau succès et a notamment reçu le prix Ligue de l'Imaginaire-Cultura 2019 et le Choix des libraires 2020.

Paru au Livre de Poche :

NIKO TACKIAN

Celle qui pleurait sous l'eau

ROMAN

CALMANN-LÉVY

Découvrez le début de ce roman sous la forme
d'une enquête interactive, sur PCI Agent.
https://www.pciagent.com/NikoTackian

ISBN : 978-2-253-24168-3 – 1re publication LGF

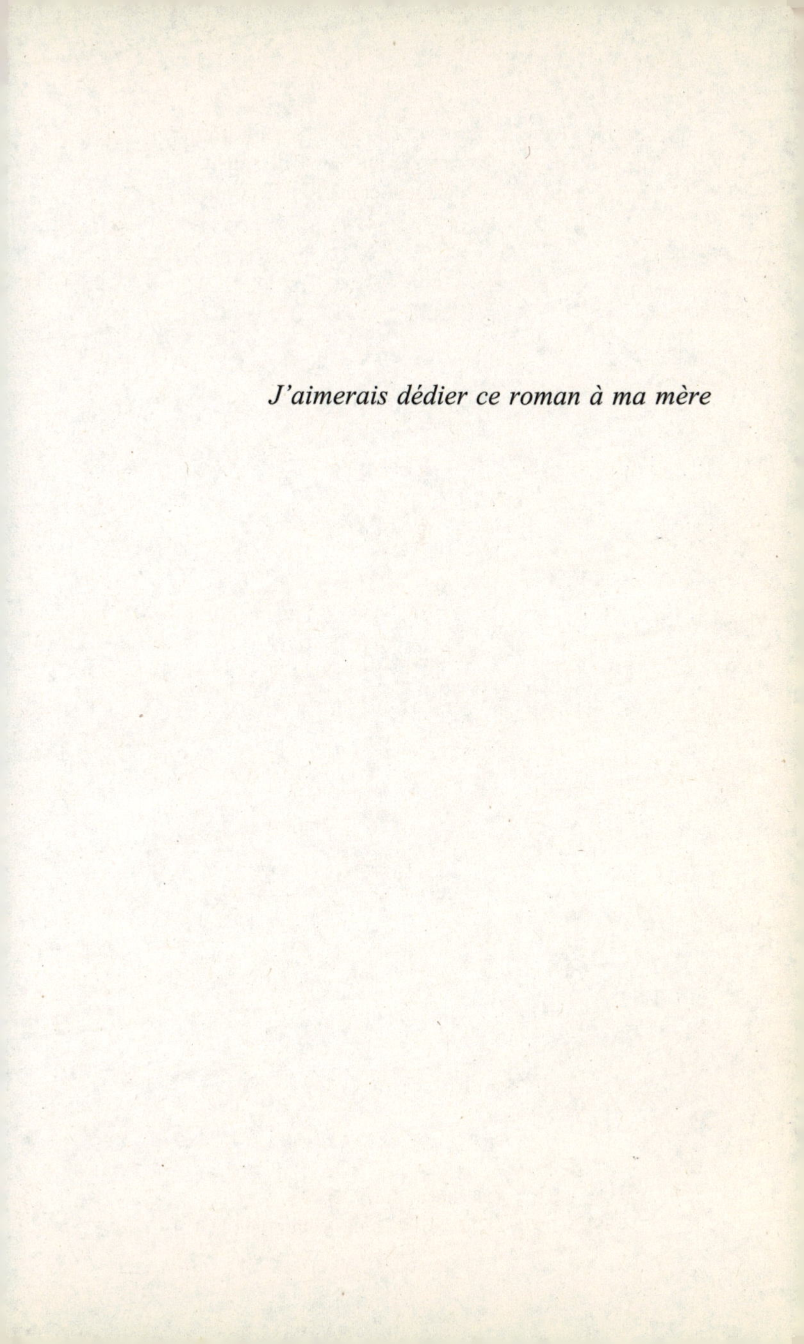

J'aimerais dédier ce roman à ma mère

« Le désir est une souffrance qui cherche son apaisement dans la possession. Or, de par sa nature même, l'Amour ne peut être ni satisfait, ni paisible. Au contraire, il ne connaît ni le repos, ni l'assouvissement. »

Jack LONDON

« Nous ne sommes jamais autant mal protégés contre la souffrance que lorsque nous aimons. »

Sigmund FREUD

1

La nuit était chaude et aussi étouffante qu'un four. Mais Laurence et Sacha s'en foutaient bien. Ils avaient tout juste dix-sept ans, des rêves plein le crâne et l'envie de s'envoyer en l'air. Un pote du lycée leur avait parlé d'une fenêtre qu'il suffisait de faire coulisser pour pénétrer dans la forteresse en briques rouges surplombant la butte. De toute façon l'alarme ne marchait plus depuis bien longtemps et, à cette heure tardive, ils ne risquaient certainement pas de croiser qui que ce soit. Après être entrés dans le bâtiment, ils se déshabillèrent sur le bord du bassin et commencèrent à se bécoter dans l'obscurité. Puis Laurence se décida à plonger dans l'eau tiède et son mec ne traîna pas pour la rejoindre. Ils pouvaient deviner un vaste espace autour d'eux et une forme étrange qui se balançait dans les airs, mais ce n'étaient que des ombres imprécises à peine éclairées par la lueur jaunâtre des quelques loupiotes de sécurité. À ce moment précis, rien n'importait plus que leur désir. Il la colla contre son corps pour qu'elle puisse bien sentir à quel point il avait envie d'elle, mais elle s'échappa en gloussant pour faire la course. C'est là que tout dérapa. Elle hurla d'abord de surprise, puis de dégoût et enfin son cri se transforma en une terreur primale. Quelque chose flottait avec eux dans l'eau. C'était poisseux, c'était liquide, le visage de Laurence en était recouvert. Sacha eut le courage de se rapprocher, courage bien vite disparu au contact d'une chair froide et molle. Alors le désir s'évanouit comme la lumière d'une bougie soufflée par le vent et il eut une violente envie de vomir en tentant de rejoindre le bord. Et pendant qu'ils fuyaient la piscine en pleurant, le sang continua de se répandre dans l'eau du bassin, goutte après goutte…

2

Comme tous les dimanches matin depuis quinze jours, José s'était dépêché d'attraper le bus de la ligne 75 pour rejoindre son arrêt en bordure du parc des Buttes-Chaumont. La piscine ouvrait à 7 heures, mais il lui fallait une bonne demi-heure pour faire son tour d'inspection. Ce mois de juillet parisien atteignait des chaleurs caniculaires et il appréciait particulièrement cette petite balade à la fraîche sur un bitume pas encore chauffé à blanc. Et puis ça lui permettait de réfléchir et de classer ses idées… concernant Mathilde notamment. Ils étaient mariés depuis dix ans et élevaient deux beaux enfants, mais quelque chose clochait dans l'édifice de leur famille idéale. Quelque chose de bien pourri dont il devrait s'occuper, un jour, quand il aurait le courage d'affronter la réalité. Après avoir remonté le long des grilles du parc, José avait bifurqué sur la gauche pour rejoindre la rue Jean-Ménans, puis sur la droite pour longer le vaste bâtiment en briques rouge vif qui abritait la piscine Pailleron. Il travaillait là depuis presque cinq ans en tant que maître-nageur sauveteur et s'occupait de la coordination des activités aquatiques. À ce titre, il était toujours le premier MNS sur place. Sur le côté du bâtiment se trouvait une porte d'accès réservé dont le verrou s'enclenchait avec un code. Normalement la piscine était sous alarme mais le système était tombé en rade depuis le début de l'été.

— Putain, lâcha-t-il.

Quelqu'un n'avait pas fait son boulot en omettant de refermer correctement le verrou. Il traversa un couloir pour rejoindre le poste de sécurité adjacent à la salle des MNS. Tous les interrupteurs lumineux étaient coupés sauf celui des vestiaires collectifs. José était certain que l'équipe de nettoyage n'était pas encore arrivée et il suspecta un oubli de la veille, ce qui commençait à faire beaucoup de conneries pour une seule soirée. Il inspecta rapidement les couloirs puis emprunta l'escalier qui conduisait aux vestiaires sans remarquer la moindre présence. Il était l'unique gardien de ce lieu qui serait bientôt animé par des centaines de nageurs venus se rafraîchir de la chaleur parisienne. Il vérifia sa montre. 6 h 50, il avait encore le temps de mettre en place la procédure d'ouverture, mais il ne fallait pas traîner. Allumer toutes les lumières, remplir la feuille de jour, checker le sac de sécurité et enfin sortir les robots aquatiques. Il traversa l'espace ludique dont le bassin et la pataugeoire étaient encerclés par une immense verrière donnant sur un jardin, avant de gagner le grand bain : trente-trois mètres d'eau translucide entourée de cabines de vestiaires individuels aux portes bleues. Une mezzanine courant tout autour de l'étage permettait une déambulation circulaire. Mais en cette période d'été il y avait encore mieux : une lune géante éclairée de l'intérieur pendait juste au-dessus du bassin. Œuvre d'un plasticien britannique, elle avait été installée là pour quelques semaines, transformant la piscine en musée où l'on pouvait nager à la belle étoile. La création était monumentale et tellement réaliste qu'on avait l'impression de véritablement contempler la lune depuis son transat. José décolla les yeux du plafond et une angoisse soudaine lui fit froncer les sourcils. Quelque chose flottait au centre du bassin, en dessous de l'immense globe. Il lâcha le sac de sécurité et avança d'un pas rapide le long de la travée pour s'approcher. À mesure qu'il progressait, la forme se précisa. C'était une femme en maillot de bain une pièce. Elle se trouvait sur le dos, les bras écartés, le visage tourné vers la lune. Sa peau semblait terriblement blanche et ses cheveux noirs formaient une large corolle autour d'elle. José porta une main à sa bouche pour étouffer un cri de terreur. Une longue traînée rouge s'échappait des poignets de ce corps inerte et traçait des arabesques dans l'eau bleue de la piscine. Il fixa le visage de la femme pendant un moment et une boule d'angoisse lui broya les tripes alors que le doute se dissipait. *C'est bien elle !* Et alors que l'affolement fusait dans son crâne, il se dit qu'il fallait absolument qu'il se dépêche avant l'arrivée de la police.

3

36, rue du Bastion… fin d'une époque, début d'une nouvelle. La presse et les inconditionnels de la « Crim historique » avaient beaucoup pleuré sur le grand escalier en lino noir et le capharnaüm de bureaux vieillissants, mais tellement chargés d'anecdotes, dans lesquels les enquêteurs s'agitaient depuis des générations. Tomar n'en avait personnellement rien à faire. Comme tous les gars, il était heureux d'avoir conservé, avec le numéro 36, un legs du passé. Comme tous, il était obligé de constater que les quatorze étages ultramodernes et ultrasécurisés qu'ils partageaient maintenant avec les autres services de police judiciaire manquaient d'âme. Mais ça viendrait rapidement. Pourquoi ? Parce que le métier restait le même et que les quarante-deux cellules de garde à vue étaient déjà pleines H24. Le bastion parisien des flics, dressé comme une sentinelle en bordure de périphérique, serait bientôt aussi bordélique que son vénérable prédécesseur. Tous les concepts architecturaux, si modernes soient-ils, et les discours du préfet n'y changeraient rien, c'est des hommes que venait le chaos, ça Tomar en était persuadé. Des hommes, mais aussi du bâtiment lui-même ! Déjà les premières pannes d'électronique dans les sas de sécurité, les ascenseurs en rade, les rangées de néons qui grésillent, les logiciels d'écoute qui merdent méchamment et, pour couronner le tout, un chauffage central absent en hiver, mais avec une fâcheuse tendance à se déclencher alors que le thermomètre indiquait 38 °C. Tout ça venait sérieusement contredire l'image idéale d'une police « à la pointe des enjeux de notre époque », mais ce n'était pas pour déplaire aux gars. Après tout, le matos aussi avait le droit de se rebiffer !

Il avait fallu à Tomar moins d'une vingtaine de minutes pour rejoindre le parking souterrain et grimper au huitième étage où se trouvait le nouveau bureau du groupe de droit commun n° 3 – son groupe. Un vaste espace, plus du double du précédent, avec en fond une baie vitrée immense donnant sur les trois blocs du palais de justice. En dessous se dessinait la petite terrasse végétalisée dont les abeilles étaient déjà célèbres, le taulier ayant parlé de faire du miel, histoire de rappeler aux truands que le 36 pouvait toujours piquer. Vu les conditions météo, quelques gars s'étaient essayés aux merguez mais ils avaient dû abandonner leur projet après une bagarre en règle avec les bestioles avides de viande fraîche.

Francky s'était installé un bureau contre un mur et possédait maintenant une armoire sécurisée dans laquelle il pouvait ranger ses procédures sans avoir à enjamber les piles de dossiers. Il regrettait surtout son Velux – parfait pour cloper sans risquer d'affoler le détecteur. Désormais il lui fallait se caler dans un petit espace entre deux vitres blindées à l'épreuve du feu, des balles et des attaques nucléaires, on ne s'appelait pas le Bastion pour rien. Le coin de Dino s'étalait au centre de la pièce et était composé de trois plateaux rassemblés sur lesquels se dressaient deux écrans plats 49 pouces dont les unités centrales – les plus balèzes du marché – servaient à faire tourner ses logiciels de suivi d'écoute, le fameux Mercure, mais aussi un nouveau programme ANB-Anacrim qu'il avait piqué aux analystes criminels de la gendarmerie. Ce truc permettait notamment de faciliter le rapprochement entre certaines affaires et s'était récemment distingué dans le dossier Nordahl Lelandais. Dino trônait comme un roi au milieu de ses écrans, son mug Dark Vador toujours rempli de café brûlant – ils avaient maintenant une machine Nespresso *What else ?* –, et Tomar le soupçonnait de kiffer grave cet immeuble aux airs de manga japonais.

Tomar se trouvait quant à lui face à la baie vitrée, place du boss oblige, et n'avait pas changé grand-chose à ses habitudes. Dans son dos, le même vieux panneau en liège où il accrochait ses notes et les portraits des suspects. Il avait également demandé à récupérer son bureau en bois du 36, avec ses tiroirs brinquebalants et ses pieds mal calés. Ce n'était pas de la nostalgie, mais quelque chose le rassurait dans la patine vérolée de cette antiquité, comme un îlot résistant au blanc immaculé et aux odeurs de peinture tenaces de leur nouveau nid.

C'était finalement Rhonda qui avait le plus de difficultés à s'adapter au Bastion. Son bureau encore vide était positionné en biais, comme si elle n'était pas certaine de rester là, et elle n'avait rien ajouté au mobilier standard livré par la préfecture. Tomar savait que les premiers mois d'installation avaient été moroses, notamment parce qu'elle détestait passer son temps entre les sas de sécurité et les ascenseurs et que ce lieu lui rappelait un hôpital – et d'une certaine manière il en devenait parfois un tant il accueillait de souffrances. En outre, ce qui manquait le plus à Rhonda, c'était les quais de la Seine, où souvent elle allait se ressourcer lorsque les journées étaient trop pénibles. Coincé entre le périphérique et une large zone de travaux sans fin, leur environnement ne les aidait pas à décompresser, pas plus que les kilomètres de couloirs blancs et les multiples salles de réunion vides.

— Faut y aller, boss, lança Francky en raccrochant son téléphone. Rhonda est sur place, elle nous prépare le petit déj.

Une nouvelle affaire commençait. Francky lui avait parlé d'une femme retrouvée morte dans un bassin municipal. « Pas courant comme suicide, mais *de saison* ! » avait-il fait remarquer. Leur vie était organisée comme ça, une enquête en chassait une autre, formant un corridor puis un labyrinthe. Labyrinthe dans lequel Tomar aimait s'enfermer pour éviter de trop penser au reste. Tout le reste. En passant la porte du bureau, il remarqua un Post-it rose collé en plein milieu.

— C'est quoi ça ?

— Aucune idée, répondit Francky, c'était là quand je suis arrivé.

06 h 15, je veux vous voir ! RDV à mon bureau dès que possible. Ovidie Metzger.

Metzger ? Ça ne disait rien à Tomar. Le message lui était sans doute adressé, il le mit dans sa poche et l'oublia aussitôt. Quelque chose de bien plus important l'attendait dans cette piscine du 19e arrondissement. Il ne connaissait pas encore Ovidie Metzger, il n'avait aucun moyen de savoir à quel point il se trompait.

4

Traces de pieds ensanglantés sur le dallage blanc… Rhonda fixait le sol, perdue dans ses pensées. Elle avait assisté à la levée du corps par l'équipe de la police scientifique – un cas exceptionnel. Les gars n'avaient pas l'habitude de s'occuper de suicidés dans ce genre de lieux. Récupérer des carcasses disloquées par la violence d'une chute ou broyées par les roues du métro, oui, mais dans une piscine municipale, c'était une première. Et ça posait quelques problèmes qui l'avaient mobilisée depuis son arrivée. Faire évacuer le corps c'était simple, mais quid de la scène de crime ? Plusieurs officiers relevaient les empreintes dans les vestiaires, d'autres se chargeaient des différents accès et elle avait dû négocier avec l'équipe sanitaire pour qu'ils retardent un peu la purge du bassin. Cinq litres de sang, c'est à peu près tout ce que contenait un corps humain et il s'était mélangé depuis longtemps avec l'eau du grand bain. La vie de cette femme n'était plus qu'un souvenir absorbé dans la masse, une larme perdue dans la pluie.

Rhonda se sentait fatiguée depuis quelques semaines. À cause de quoi ? Elle avait du mal à le définir précisément. La chaleur insupportable amputait ses nuits malgré le ventilo qu'elle s'était empressée d'acheter comme bon nombre de Parisiens. Le déménagement des bureaux dans le quartier des Batignolles l'obligeait à changer ses habitudes et le boulot restait intense et lui mettait la pression quotidiennement. Les criminels ne prenaient pas de vacances, ils se foutaient bien de l'ambiance « On est les champions » depuis la victoire de la France à la Coupe du monde. Non, c'était surtout sa relation avec Tomar qui occupait son esprit. Ils étaient ensemble depuis trois ans avec des hauts et des bas mais les événements de l'année précédente avaient resserré leurs liens. Ils avaient beaucoup discuté de son épilepsie cérébrale et, malgré les angoisses qui le rongeaient encore, Rhonda sentait qu'il progressait vers plus de sérénité.

Et pourtant, il y avait quelque chose, comme un pincement au cœur, qui la faisait se questionner en profondeur. Elle était amoureuse – ça, elle le savait depuis longtemps – mais elle avait également le sentiment que cette relation était une souffrance. Non pas qu'elle idéalisât et regrettât l'image du couple traditionnel, la bague au doigt et les gosses en point de mire, son désir d'enfant ne s'était jamais manifesté – Dieu merci ! –, mais une petite voix intérieure lui hurlait quelque chose ressemblant de plus en plus à un avertissement. Tomar était son boss, son amant et son amour… mais Tomar avait cette part d'ombre torturée qui la séduisait autant qu'elle lui faisait peur. Pour l'aimer, il fallait accepter le package et ne pas chercher à tout éclairer, on ne change pas les gens, elle le savait très bien. Et pourtant ce pincement était bien là et elle ne pouvait pas non plus l'occulter.

— Tu rêves, princesse ?

La voix rauque de Francky la sortit de sa torpeur et elle aperçut derrière lui l'imposante silhouette de Tomar au bout de la travée de vestiaires.

— Ouais, je rêve d'amour.

— Putain, alors c'est pas gagné, répondit-il en observant l'immense globe laiteux accroché au plafond. C'est quoi ce délire ?

— La lune.

— Et le corps était où ?

— Il flottait juste en dessous.

— Ah ouais…

Le visage de Francky fut traversé d'un petit rictus de douleur – spécial ulcère. L'équipe avait fini par s'habituer à le voir souffrir ainsi, il repoussait sans arrêt son opération malgré les sermons de Tomar qui, avec sa délicatesse légendaire, lui avait balancé qu'il finirait par crever sur une scène de crime.

— Et les traces là ? dit-il en fixant la zone aux pieds de Rhonda.

— Aucune idée. Soit elle s'est ouvert les veines avant d'entrer dans l'eau, mais j'ai l'impression que la taille des pieds ne correspond pas… soit elle n'était pas seule.

— Ah ouais… ça sent pas bon alors.

— Non ça sent pas bon.

— OK, je vais aller direct chez le légiste. C'est trop le bordel ici. C'est quoi cette flotte par terre ?

— L'équipe de nettoyage a commencé à rincer le sol, y a eu un couac…

— Pfffff… histoire de nous faciliter la tâche. La victime, elle est comment ?

— Clara Delattre, la petite trentaine… elle habite dans le coin. J'ai retrouvé ses papiers dans un casier du vestiaire. À vue de nez, elle avait les veines des poignets tranchées.

Francky soupira en hochant la tête alors que Tomar venait les rejoindre. Il eut un sourire à l'attention de Rhonda avant de prendre la parole.

— J'ai parlé avec le mec en charge de la sécurité, il n'a aucune idée de comment elle a pu entrer.

— Les gars font des relevés sur toutes les portes, répondit Rhonda.

— T'as trouvé quelque chose dans son casier ?

— Ses fringues, un sac avec ses papiers, une Carte bleue, un téléphone, un paquet de tampons et des clés.

— Qui est-ce qui a découvert le corps ?

— Un certain José Mendez, le responsable des maîtres-nageurs.

— Il la connaît ? questionna Francky en sortant son carnet pour noter le nom.

— Je crois que oui, il m'a dit qu'il l'avait en cours particulier. C'est une habituée de la piscine.

Tomar se retourna vers l'entrée du bassin où une dizaine de personnes commençaient à s'accumuler.

— Bon… il va falloir qu'on relève les identités de tout le monde, qu'on dresse leur emploi du temps et qu'on les interroge un par un.

— Dino est déjà sur le coup, fit remarquer Francky.

— Tu vas chez elle ? questionna Tomar en levant les yeux vers Rhonda.

— Ouais. Et qu'est-ce qu'on fait pour la flotte ? Le gars de l'hygiène a l'air pressé d'évacuer l'eau et d'entamer le nettoyage.

— De toute façon on ne va pas pouvoir laisser le bassin fermé très longtemps. Dès que les mecs du labo nous donnent le feu vert, on plie bagage.

— OK, répondit Rhonda d'une voix sombre.

Cinq litres de sang… La vie de Clara Delattre serait bientôt aspirée définitivement dans les égouts de l'oubli.

5

Un mercredi comme les autres, IL aperçoit sur le plan de travail en inox une trace cerclée de café. « C'est toi qui as fait ça ? » Prise au dépourvu, je mets du temps à comprendre de quoi il retourne. Après tout, il suffit de passer un coup d'éponge. Mais IL a les yeux exorbités, il s'approche de moi comme une bête sauvage. « Avoue que tu l'as fait exprès. » Sa colère est telle, la menace des coups si présente que je m'entends répondre : « Oui, c'est vrai, je suis désolée, je ne recommencerai plus... »

Un peu plus haut sur la butte Chaumont, entre les rues de Mouzaïa, du Général-Brunet et Miguel-Hidalgo, se trouvait un réseau de ruelles étroites encadrées de petites maisons ouvrières, autrefois bon marché. Le quartier de la Mouzaïa avec ses voies pavées exclusivement piétonnes et ses jardins fleuris formait un îlot rare dans la capitale, aux allures de village sans histoire. Des histoires il y en avait pourtant quelques-unes dans le coin – Rhonda était bien placée pour le savoir – mais, globalement, le 19e arrondissement s'en sortait plutôt bien au tableau de la criminalité parisienne. C'était même un des seuls endroits où les jeunes couples pouvaient encore espérer acquérir un appartement, car sa « mauvaise réputation » empêchait le prix au mètre carré d'exploser les compteurs comme partout ailleurs. Rhonda n'avait jamais songé à acheter son logement. Comment faire avec sa solde de flic ? S'endetter pour vingt-cinq ans, un couteau sous la gorge ? Mieux valait faire une croix dessus et griller son salaire en loyers que de nourrir les banques avec des intérêts, même à bas taux. De toute façon, le peu de temps libre que lui laissait son métier, elle le passait dans ses films ou ses séries télé, précieux refuge à prix modéré.

Villa d'Alsace… La ruelle montait en pente douce, encadrée par une série de meulières en pierre grise et brique rouge. Clara Delattre habitait au numéro 6, dans une de ces maisons visiblement reconverties en appartements. Il y avait une porte verte avec un interphone – Delattre y apparaissait bien –, et un digicode. Rhonda utilisa le badge pour pénétrer dans un étroit passage menant à l'entrée principale. La bâtisse avait été divisée en deux logements et Clara occupait le rez-de-chaussée. Une fois à l'intérieur, Rhonda se retrouva dans un deux-pièces dont le salon possédait une porte-fenêtre donnant sur un minuscule jardin. La lumière du soleil perçait à peine entre le muret en pierre et un buisson de bambous aux tiges s'élevant à plusieurs mètres de hauteur. Il régnait dans cet appartement une sorte de calme et de sérénité mais Rhonda n'oubliait pas le corps flottant de Clara Delattre. Sous des airs de petit paradis, cet endroit devait avoir été témoin de sa descente aux enfers. On ne se suicidait pas sur un coup de tête, surtout de cette manière. Qu'est-ce qui avait bien pu gangrener l'esprit de cette jeune femme pour qu'elle en arrive là ?

Rhonda fit le tour de la pièce. Une bibliothèque avec des romans – dont beaucoup d'histoires d'amour et quelques ouvrages de poésie –, quelques rares meubles, mais choisis avec goût, aucune photo encadrée. Elle passa dans la cuisine, remarqua deux gamelles vides sur le sol et se dirigea vers la chambre. Le lit était fait, les rideaux tirés, pas une fringue ne traînait. Dans un coin, Clara avait réussi à aménager un minuscule bureau sur lequel étaient posés un vieil encrier et quelques plumes. Pas commun comme objets, Clara devait aimer écrire, ou peut-être qu'elle pratiquait la calligraphie ? Rhonda fouilla rapidement les tiroirs – rien de particulier –, ouvrit la penderie qui occupait tout l'espace d'un mur. Pas mal de fringues, plutôt colorées, c'était sûrement une fille qu'on remarquait. Et puis elle aperçut une paire de chaussures étranges : comme des chaussons orange avec des renforcements en gomme tout autour de la pointe des pieds. Posé dans un coin, un baudrier lui confirma que Clara devait pratiquer l'escalade. Un point supplémentaire à vérifier.

À côté du lit, une petite table sur laquelle trônait un roman, *Au détour de l'Amour*. On y voyait un bellâtre en chemise blanche serrant dans ses bras une jeune femme dont la bouche entrouverte évoquait l'extase. *Comment peut-on lire ce genre de conneries ?* C'est certainement ce qu'aurait dit Francky… Rhonda, elle, comprenait qu'on puisse avoir envie de croire que l'amour est simple. Sans doute sa relation avec Tomar y était-elle pour beaucoup. Quand elle prit le livre, quelque chose glissa entre les feuillets pour tomber sur le sol. Rhonda ramassa ce marque-page improvisé et découvrit qu'il s'agissait d'une photo imprimée sur du papier à lettres. On y apercevait une jeune femme brune – Clara – dans les bras d'un homme en costume élégant. Il devait avoir la quarantaine, avait un visage rassurant et des cheveux grisonnants. Il la tenait par les épaules et fixait l'objectif, un sourire aux lèvres. D'après la position des bras de Clara, il s'agissait d'un selfie. Impossible de le situer vu le peu de décor autour d'eux.

Rhonda pivota brusquement sur elle-même lorsqu'un bruit sourd résonna dans le salon. La porte ne pouvait pas s'ouvrir de l'extérieur et elle se rappelait très bien l'avoir fermée en pénétrant dans l'appartement. Malgré la chaleur, elle avait enfilé une veste pour couvrir son arme de service qu'elle portait à la ceinture de son jean en toutes circonstances. Elle posa une main sur la crosse et avança prudemment pour sortir de la chambre. Vu la taille de la pièce, il ne lui fallut qu'un instant pour confirmer qu'elle était seule. C'est alors qu'elle aperçut deux yeux bleus l'observant depuis le sol. Un chat... il avait dû sauter d'un meuble ou renverser quelque chose. C'était une sorte de siamois intégralement blanc excepté le museau, le front et les joues d'un gris pâle.

— T'es qui toi ? dit-elle tout haut en fixant le regard translucide de l'animal.

Pour toute réponse il baissa la tête vers sa gamelle vide. Pas besoin de beaucoup de psychologie animale pour comprendre le message. Rhonda jeta un coup d'œil autour d'elle et aperçut un sac de croquettes chat stérilisé, sur lequel trônait un spécimen identique à son petit visiteur.

— Sacré de Birmanie, lut-elle tout en remplissant son auge.

Elle n'y connaissait vraiment rien en chat. Elle poussa la gamelle vers l'animal qui attendit quelques secondes avant de s'y intéresser, l'observant d'un air suspicieux. Rhonda fit une fois encore le tour de la pièce sans noter quoi que ce soit de particulier. De toute façon, elle reviendrait plus tard avec un technicien pour faire des relevés, au cas où. Alors qu'elle s'apprêtait à partir, le chat s'approcha d'elle et commença à se frotter contre ses jambes.

— Qu'est-ce que je vais faire de toi ?

Et une idée saugrenue lui traversa l'esprit.

6

Un long tunnel de béton blanc reliait les locaux de la police judiciaire à la ruche du palais de justice. Trente-huit étages ultrasécurisés, mais ouverts sur l'extérieur par d'immenses murs de verre au point que la lumière naturelle en éclairait les moindres recoins. C'est l'idée qu'on se faisait de la justice désormais. Il fallait qu'elle soit irréprochable, sans zone d'ombre, toute au service du citoyen.

Tomar était bien obligé de reconnaître qu'elle en jetait méchamment, cette cathédrale de lumière regroupant tous les services de la juridiction parisienne, avec ses quatre-vingt-dix salles d'audience et son hall gigantesque encadré de coursives et d'escaliers roulants d'une blancheur immaculée. Rien à voir avec la façade massive et austère du bâtiment historique de l'île de la Cité. La justice ne devait plus faire peur ou impressionner, elle devait rassurer et servir.

Tomar ne savait pas trop quoi en penser. Son

boulot au 36 – il fallait encore qu'il s'habitue à l'appeler le Bastion ou le New 36 comme certains de ses collègues – ne l'exposait pas quotidiennement à la frustration du travail de terrain. Mais il songeait à tous ces jeunes qui, une fois sortis de l'école de police, s'engageaient par conviction pour devenir gardiens de la paix. Par le seul port de l'uniforme, ils se transformaient radicalement dans les yeux des autres. Autrefois, on pouvait y lire le respect, mais aujourd'hui la haine du flic s'étalait librement dans la rue, sur les réseaux sociaux, attisée par la complaisance des médias jamais avares en images de prétendues « bavures policières ». Un truc bien pourri s'était infiltré dans le système, et les flics servaient de fusibles à une société prête à exploser, sans en avoir ni les épaules ni les moyens. On avait beau leur fournir des bâtiments tout neufs, ça faisait l'effet d'un pansement sur une jambe de bois, car le seul véritable moteur de ce métier de dingue, c'était l'intime conviction de faire quelque chose d'utile. Si on leur enlevait ça en les dénigrant systématiquement, il ne restait rien. Alors, à quoi bon continuer à se battre ?

Ovidie Metzger… Ce nom résonnait dans sa tête comme une énigme. Un collègue lui avait expliqué qu'il s'agissait d'un tout nouveau substitut du procureur général fraîchement débarqué de l'école de la magistrature. « Dans le genre pas commode », avait-il ajouté sans plus de détails. Tomar avait dû emprunter un ascenseur sécurisé pour se rendre dans le troisième bloc réservé aux services du parquet. Après un long couloir bercé de lumière naturelle, il avait bifurqué vers l'accueil et on lui avait indiqué le bureau BR-27 au fond de la travée. Deux tocs sur la porte et une voix plutôt forte lui avait dit d'entrer. Ovidie Metzger se tenait derrière sa table de travail, le regard rivé à un épais bouquin dont il n'aperçut pas le titre. Elle était jeune – à peine trente ans – et avait un visage aux traits fins encadré par une tignasse brune coupée très court. Elle leva des yeux de biche d'un vert translucide vers Tomar.

— Vous êtes ?

— Commandant Tomar Khan… groupe 3.

Elle se redressa d'un coup en lui tendant la main.

— Très heureuse de vous rencontrer, commandant ! Ovidie Metzger, je suis…

— Le nouveau substitut, répondit-il en prenant sa main dans la sienne.

— La nouvelle substitute ! Depuis une circulaire de 1986 sur la féminisation des noms de métier…

— Madame la substitute, donc…

— C'est ça.

Il y eut comme un silence un peu gêné alors que Tomar se demandait si c'était une forme d'humour pour détendre l'atmosphère ou autre chose.

— En tout cas, merci, commandant, de vous être déplacé aussi rapidement.

Elle lui fit signe de s'asseoir et fit de même. Elle portait une robe rouge légèrement moulante dont l'encolure resserrée par un ruban lui dégageait les épaules en dessinant discrètement son buste. Tomar ne put s'empêcher de remarquer sa silhouette athlétique et un détail inattendu. Elle avait un long tatouage enroulé autour du bras gauche, de la base du poignet jusqu'au niveau du coude… Un serpent tracé à l'encre noire.

— Donc je vous ai demandé de passer me voir, car je rencontre tous les chefs de groupe en ce moment. On va bosser ensemble sur certains dossiers et pour moi il est très important que cela se déroule en toute coopération.

Tomar hocha la tête pour acquiescer. Quelque chose chez cette fille l'étonnait. Elle avait un physique félin et le côté un peu psychorigide qu'il avait connu chez la plupart des procs rencontrés durant sa carrière. Mais il y avait autre chose…

— Je vous connais par vos états de service, commandant, et je dois vous dire à quel point je suis ravie d'avoir un fin limier de la Crim avec moi.

— Je ne fais que mon métier.

— Oui, vous dites tous ça, mais, même si je débarque, j'ai un père gendarme alors je connais quand même un peu la maison. Et je sais les sacrifices que ça implique.

Il y avait de l'authenticité dans sa voix et Tomar lui sourit sans répondre.

— Mais j'ai aussi entendu parler de vous par une autre source.

Ovidie Metzger se pencha en avant et fouilla de ses doigts fins une pile de dossiers dont elle réussit à extraire une pochette rose pâle. Sur le dessus, Tomar aperçut le nom : ANTONIN BELKO

Tomar se mit aussitôt en alerte. Le lieutenant Belko était un type de l'IGPN, un connard qui avait essayé de le faire tomber par tous les moyens. Tomar avait détesté ce mec au point de le menacer, il avait même imaginé une fois ou deux lui coller son poing dans la face. Et puis Belko était mort. On l'avait découvert étranglé dans son appartement parisien. Malgré ses efforts pour se remémorer ce qu'il faisait la nuit de ce meurtre, Tomar affrontait un grand blanc. L'épilepsie cérébrale dont il avait appris qu'il souffrait il y a tout juste un an effaçait parfois des pans entiers de sa mémoire. Et sur cette nuit-là, un doute subsistait dans sa tête. Avait-il ou non réglé le problème Belko de manière expéditive comme le suggéraient les nombreux cauchemars qui depuis le réveillaient en sursaut ?

— Je vois que vous reconnaissez ce nom, commandant.

Ovidie Metzger tapotait le dossier en le fixant de ses yeux verts.

— D'après les éléments à ma connaissance, vous avez été l'objet d'une enquête de l'IGPN menée par le lieutenant Belko.

— C'est exact.

— Une enquête concernant quel type d'infraction ?

— Homicide volontaire, répondit Tomar sans sourciller. Mais c'était une erreur, la procédure est désormais close et sans suite.

— Je suis au courant. J'imagine que ça doit être atroce de se retrouver accusé d'un tel acte.

Tomar sentit les voyants de son instinct virer au rouge.

— Difficile oui… mais en l'occurrence, le sujet assassiné était un violeur multirécidiviste bien connu de nos services.

— Robert Müller. J'ai lu son dossier également. Une ordure, en effet. Ça, vous pouvez me croire, je ne vais pas le pleurer. Ni aucune de ses victimes d'ailleurs.

Tomar ne répondit rien, il n'allait certainement pas la suivre sur la voie du copinage qu'elle était en train de lui proposer.

— Néanmoins la mort soudaine et irrésolue du lieutenant Belko empêche de clôturer le dossier. J'ai toute confiance en vous, commandant, ça n'est pas le propos… mais j'ai besoin d'entrer dans une maison sans zone d'ombre. Vous connaissez le commandant Alvarez ?

Bien entendu qu'il le connaissait. Alvarez était en charge de l'affaire Müller depuis le début.

— Je lui ai demandé de reprendre l'enquête sur Belko et de me livrer le coupable avant la fin de l'été. Le délai étant plutôt court, je requiers votre entière collaboration si besoin est.

— Vous voulez que je mette le groupe dessus ?

— Non ! J'ai cru comprendre que vous aviez du pain sur la planche. Une histoire de piscine ?

— C'est ça… Vous êtes bien informée.

Ovidie croisa ses bras sous sa poitrine et Tomar aperçut les crocs du serpent dressés vers lui.

— Oui… c'est ce qu'on nous apprend à l'école. Procureur n'est pas un métier de tout repos, il faut être curieux de tout… et ne pas avoir besoin de beaucoup d'heures de sommeil. En ce qui me concerne, ça tombe bien, je suis insomniaque !

Et elle lui fit un beau sourire dévoilant une rangée de dents impeccables et deux petites canines que beaucoup de mecs auraient trouvées ravissantes. Mais Tomar savait désormais que madame la substitute n'avait rien de la jeune femme inoffensive et fragile qu'elle paraissait être. Ses dents étaient faites pour déchirer la chair. Elle avait le goût du sang…

7

Le soleil illuminait le bureau du groupe 3 à tel point que Francky ne quittait plus ses Ray-Ban. Un rock des années 70 se diffusait depuis les antiques baffles connectés à son PC – pourtant flambant neuf –, et il battait de la jambe en rythme tout en tapotant sur son clavier.

— On pourrait se cotiser pour acheter une borne Bluetooth, non ? lança Dino entre deux couplets.

— Pourquoi ? C'est du vieux matos, mais ça fonctionne pas mal.

— Pourquoi ? Pour éviter ce son pourri par exemple. Ou pour qu'on puisse choisir la playlist de temps en temps.

— Ouais, tu parles ! Si c'est pour que tu nous balances ta variété française de merde !

Un vieux couple. Voilà ce qu'ils étaient devenus après cinq ans de boulot acharné en commun. Affaires après affaires, parfois jour et nuit, le « Rat Pack », comme aimait l'appeler Francky, s'était transformé en famille dont Tomar assumait le rôle de patriarche. Une famille qu'il n'aurait échangée contre rien au monde tant elle était importante pour lui. D'un côté il y avait la passion des trajectoires humaines, ces enquêtes innombrables comme autant de labyrinthes à parcourir pour faire émerger la vérité. De l'autre il y avait les compagnons de voyage avec lesquels on avançait sur le chemin. Tomar avait eu la chance de pouvoir choisir son équipe, il avait non seulement les meilleurs, mais surtout des gens précieux par leur humanité et la sincérité de leur engagement. Les voir se chamailler lui rappelait à quel point il les aimait.

La porte s'ouvrit brusquement et Rhonda traversa la pièce comme un courant d'air pour rejoindre son bureau. Elle tenait une cage en plastique dans la main droite.

— C'est quoi ça ? questionna Francky.

— Le chat de Clara Delattre.

Il y eut un silence durant lequel Dino quitta son double écran pour venir se pencher sur la caisse.

— T'es au courant que t'es pas censée faire ça, hein ? titilla Francky.

— Tu voulais que je fasse quoi ? répondit Rhonda. Il est seul dans l'appart, il n'a rien à bouffer, on ne va pas le laisser crever.

— C'est à la SPA de le récupérer si aucun membre de la famille ne veut le garder.

— Il est hyper mignon, coupa Dino en glissant

un doigt entre les barreaux de la cage. C'est connu, ces chats…

— Un sacré de Birmanie… Et OUI, il ira à la SPA si personne ne le réclame. Mais en attendant, il est là.

— Bon, je suis passé à la morgue, coupa Francky pour changer de conversation. Le légiste n'a pas eu le temps de s'en occuper, mais les premières constatations sont assez faciles à faire. Delattre a deux grosses incisions aux poignets, on a retrouvé une lame de rasoir sur le bord du bassin avec ses empreintes dessus… faut attendre de voir les analyses toxico et la datation exacte, mais ça paraît quand même plié d'avance.

Rhonda pointa du doigt un cliché de la police scientifique posé sur la table de Tomar. On y apercevait des traces de pieds ensanglantés.

— Et ça ?

— À moitié effacées… c'est peut-être les siennes… ou pas. Difficile à dire.

— Et on a trouvé un autre point d'accès aussi. Une fenêtre dont le verrou est défectueux. On a une masse d'empreintes dessus, mais pas celles de la victime, précisa Dino.

— Quelle est l'heure de la mort ? demanda Tomar en observant Rhonda qui s'installait à son bureau

— Entre 1 et 2 heures du matin…

— Ah ouais… Comment est-elle rentrée si tard ?

— Si c'est pas en passant par cette fenêtre, la

porte de service est à code, répondit Dino. Donc elle avait le code… Mais on ne peut pas en avoir la confirmation vu que la vidéosurveillance ne fonctionnait pas.

— Reste à savoir comment c'est possible. Son portable, ça donne quoi ?

— J'analyse les appels. J'ai pas encore récupéré les fadettes, mais ça mouline.

Aller se foutre en l'air dans une piscine municipale de cette manière. Il y avait là quelque chose de théâtral qui perturbait la logique de Tomar.

— T'as trouvé quelque chose chez elle ? demanda-t-il à Rhonda. Je veux dire… à part le chat.

— Pas vraiment… elle vivait visiblement seule même si j'ai récupéré ça. (Rhonda tendit à Tomar un sachet en plastique où se trouvait le marque-page photo.) J'ai aussi un dossier dans lequel elle rangeait sa compta, ça va m'aider à comprendre qui elle était exactement.

— Ouais, enfin t'emballe pas trop, temporisa Francky. Si le légiste confirme lc suicide, on a d'autres chats à fouetter, dit-il en souriant, content de sa blague.

Elle ne répondit pas, mais se leva pour aller accrocher la photo découverte chez Clara sur le panneau en liège derrière Tomar.

— Plutôt beau gosse, commenta Dino.

— Ouais, il faut juste savoir qui ça peut être.

Elle se retourna vers Tomar, cherchant à accrocher son regard, mais il était déjà ailleurs, perdu dans la masse opaque de ses préoccupations. Tomar songeait à la promesse qu'il avait faite à Rhonda au moment de l'affaire Belko. Il lui avait juré la vérité, mais il était incapable de la connaître lui-même. S'il ne voulait pas risquer de perdre sa confiance, il fallait qu'il fasse la lumière sur cette zone d'ombre de son passé. Rien ne pouvait pousser sur une terre empoisonnée par le doute. Il le savait.

— C'est quoi son nom ? questionna Dino.

— Quoi ? De qui tu parles ?

— Le chat… Faut lui donner un nom.

8

Cinquième étage du Bastion, le siège de tous les bureaux de « la Crim ». Tomar zonait dans le long couloir tapissé de portes en bois clair. Dans un coin peint en jaune safran, quelques chaises réunies autour d'une table basse, une imprimante et une photocopieuse dans laquelle un de ses collègues récupérait les exemplaires d'une procédure. Il baissa instinctivement les yeux, inutile de fixer le regard de trop de gens étant donné ce qu'il s'apprêtait à faire. Le QG du groupe 5 se trouvait au bout de ce foutu couloir et il avait attendu le temps suffisant pour être certain que tous les enquêteurs avaient quitté leur poste. Une formation au nouveau pistolet-mitrailleur HK UMP, fraîchement livré à l'armurerie, lui avait donné la fenêtre de tir dont il avait besoin. Tous les gars devaient être en train de griller des cartouches au stand du premier sous-sol. Pas trop de sulfatage quand même, car la puissance de ce joujou faisait vibrer les murs et le nid douillet du patron se trouvait juste au-dessus. Mais Tomar avait bien une trentaine de minutes pour se glisser dans le bureau et découvrir ce qui l'intéressait.

Il se mit en mouvement tranquillement et croisa Enzo, un collègue avec lequel il boxait souvent à la salle du service. Par chance, il était rivé à son portable et gueulait pour une histoire de balise mal fixée sur une bagnole, si bien qu'il ne sembla pas le remarquer. Cinq mètres, quatre, trois et le voilà devant la porte à côté de laquelle un panneau indiquait : *Groupe 5. CHEF : Alvarez.* Il la poussa sans hésitation – pas besoin de badger –, et rentra dans un bureau plus petit que le sien, mais à la déco beaucoup plus prononcée. Une grande affiche du film *L'Union sacrée* avec Patrick Bruel, une étagère jonchée de trophées sportifs surplombés par un immense drapeau du PSG, un beau plan de Paris avec plusieurs zones entourées au marqueur et un tableau Velleda fraîchement installé et pas encore noirci.

Tomar se dirigea vers la table d'Alvarez où deux écrans plats étaient disposés. Il aperçut quelques pochettes en papier bien épaisses – des dossiers en cours –, dont une sur laquelle on avait scotché une image de poupées russes. Tomar connaissait cette affaire, un règlement de comptes lors d'une soirée de cabaret qui avait mal tourné. Rien sur le bureau, il passa de l'autre côté, ouvrit l'un des tiroirs du meuble de rangement et jeta en même temps un œil vers la porte. Si pour une raison quelconque l'un de ses collègues entrait, il serait très difficile pour lui de s'expliquer. Il jouait gros. Le tiroir lui résista un peu, mais finit par céder, dévoilant de nouvelles pochettes dont celle qui l'intéressait. Sur le dessus on pouvait lire : *Affaire Belko* et la mention *Transfert du groupe Bec.* Il parcourut rapidement les feuillets de la procédure, jeta un œil aux photos prises dans l'appartement et s'arrêta sur un plan serré du lieutenant Antonin Belko. Le cliché avait été réalisé sur place dans son deux-pièces du 16e arrondissement. L'homme au grand corps et aux épaules étriquées était couché sur le côté, sa chemise bleue à moitié sortie du pantalon. Son visage semblait contracté par la douleur et ses yeux étaient étonnamment ouverts, fixant un point invisible. Tomar se rappela la première fois qu'il l'avait vu débouler dans son bureau avec son regard de serpent et ses manières de faux jeton. Il avait détesté ce mec, surtout quand il l'avait menacé de s'en prendre à Rhonda.

Il continua à fouiller dans le dossier et tomba sur une série de clichés tirés d'une caméra de surveillance. On y apercevait deux gonzes déambulant sur un trottoir désert avec un look pas vraiment clean. L'un ressemblait à un toxico, l'autre était une véritable armoire à glace aux cheveux peroxydés. En bas figurait la mention : *rue Chernoviz 14 h 25.* Un bruit dans le couloir manqua de le faire sursauter et il se dit qu'il avait poussé la chance suffisamment loin. Avant de fermer la pochette, une liste de noms attira son attention et il prit son portable pour la photographier histoire de pouvoir l'étudier au calme. En retournant vers la porte, il posa la main sur la poignée, bien conscient de jouer quitte ou double. Se faire griller en train de sortir du bureau amènerait forcément son lot de suspicions et Tomar était déjà dans le collimateur de la proc. Une seconde plus tard il se retrouvait dans le couloir… Personne. Cette fois, la chance était avec lui.

9

La journée était déjà bien avancée et Ovidie avait l'impression d'avoir enchaîné trois jours de boulot sans s'arrêter. Elle fixait l'écran de son ordinateur avec amertume. L'École nationale de la magistrature ne l'avait pas préparée à ça. Elle avait toujours été une bûcheuse et s'était fait un point d'honneur à être la meilleure dans tous les domaines qu'elle abordait. Depuis les bancs du lycée, la pression ne lui avait jamais fait plier les épaules. Elle avait même poussé la performance jusqu'à obtenir dc nombreux prix en développant des plaidoyers parfois très difficiles devant un auditoire de futurs confrères. Ça ne l'avait jamais impressionnée. Pourtant aujourd'hui, elle se retrouvait face à la réalité du terrain et à ceux qui se battaient quotidiennement pour la supporter. Ces femmes et ces hommes qu'elle recevait depuis sa prise de poste n'étaient plus des hypothèses ou des cas pratiques sur lesquels théoriser sans suite. Chacun de ses choix, chacune de ses décisions avait un impact réel lourd de conséquences. Ovidie en avait totalement conscience et c'est le poids de cette responsabilité qui pesait désormais sur ses épaules et ne l'abandonnait jamais. Alors, pour tenter de soulager un peu ce sentiment, elle avait fait le choix de tout sacrifier à ce boulot en essayant de garder la tête froide. Elle ne serait pas la justice aveugle, un bandeau sur les yeux, mais celle qui jauge le pour ou le contre à chacune de ses décisions, et c'était exactement ce qui était en train de se passer à ce moment précis.

Sur l'écran d'ordinateur, la vidéo continuait de passer en boucle sans qu'elle réussisse à en détacher le regard. Si ses doutes persistaient, elle allait devoir prendre la première décision difficile de sa carrière et briser le destin d'un homme que tant de ses collègues admiraient. Mais les états de service n'avaient rien à faire dans son jugement, elle s'était promis à elle-même de toujours respecter sa ligne morale, de ne pas accepter de compromis ou d'arrangements avec le fondement de ses convictions. Si ces images confirmaient ses craintes, elle serait obligée d'en finir avec le commandant Khan…

10

Le soleil tardait à disparaître et ses derniers rayons baignaient le salon du petit appartement de la rue Bichat. Ara se tenait dans son fauteuil élimé face à la fenêtre, observant le ciel de ses yeux clairs. Une longue bande de nuages orangés se détachait au-dessus des toits en zinc et ce spectacle d'été lui procurait l'illusion d'être ailleurs. La nature avait ce pouvoir de vous transformer en voyageur immobile, ravivant des souvenirs lointains que l'on croyait perdus à jamais. Dans le cas d'Ara, les montagnes d'Iran où elle avait mené tant de combats avec ses frères et sœurs à la conquête d'un rêve inaccessible : une terre où habiter avec les siens. Le grand Kurdistan n'avait jamais vu le jour et son peuple continuait à se battre. L'ennemi changeait de visage, mais les revendications des guerriers kurdes restaient les mêmes : vivre libres et en paix. À presque quatre-vingt-trois ans, Ara avait mérité le repos, mais ce ciel rouge ravivait en elle la flamme et lui rappelait la jeune peshmerga qu'elle avait été, fusil en bandoulière et rage au ventre. Elle avait connu la peur, la tristesse et la mort, et elle l'avait donnée aussi à de nombreuses reprises. Ara sentit la douleur silencieuse des regrets lui serrer le cœur et elle plissa les yeux comme si elle allait pleurer. Mais aucune larme ne coula sur ses joues, elle avait asséché cette source depuis bien longtemps.

— Ça va maman ?

La voix de Tomar résonna dans sa tête comme un courant d'air chaud réchauffant le froid glacé des montagnes du Zagros.

— Et toi mon fils ? Ça faisait quelque temps que tu n'étais pas passé me voir.

Aucun reproche dans ces mots. Ara aimait ses deux fils plus que tout au monde et Tomar, l'aîné de la fratrie, avait connu son lot d'épreuves.

— Oui, ça va bien. Je suis venu voir si tu ne manquais de rien, avec cette foutue chaleur.

La canicule parisienne élaguait chaque été pas mal d'anciens, abandonnés dans leurs appartements, oubliés par leurs familles et leurs voisins. Mais Ara ne se sentait pas concernée par cette menace, même si, le poids des années agissant, elle peinait de plus en plus à grimper les trois étages menant à son refuge sous les toits de Paris.

— J'ai connu pire, tu sais. Ici je vis dans le luxe…

Tomar sourit et elle crut lire de la fierté dans ses

yeux. Sa mère était une dure à cuire, elle l'avait toujours été.

— Je sais, oui. Je t'ai remonté deux packs de flotte et du café au cas où.

— Avec ça je survis un mois, répondit-elle avec un petit air espiègle. Alors, dis-moi ce qui t'amène vraiment.

Son grand garçon avait des cheveux noirs comme l'ébène et un regard sombre. Ce regard pouvait bien impressionner les criminels les plus endurcis, elle n'y voyait que la douceur de l'enfant qui se terrait encore quelque part à l'intérieur de cette immense carcasse. Tomar était un ours, mais il avait ses faiblesses. C'était aussi un sensible de la race de ceux qui souffrent en silence, portant le poids de leurs soucis sur les épaules jusqu'à ce qu'elles se brisent.

— Tu as un problème au travail ? demanda-t-elle pour le forcer à parler.

— Non, tout va bien. La routine… enfin autant que ça peut l'être.

— Ta santé alors ? Tu prends bien tes médicaments ?

Elle avait de sérieux doutes là-dessus. Depuis toujours, Tomar détestait tout ce qui était médical. Enfant, elle avait dû se battre pour lui faire avaler ne serait-ce qu'un Doliprane.

— Oui tout va bien… Je n'ai pas fait de crises depuis six mois.

— Alors quoi ? Je te connais, mon fils… Tu ne peux rien me cacher.

Tomar semblait hésiter à lui parler, il arpentait le parquet du salon comme une âme en peine, s'arrêtant par instants pour regarder les photos accrochées sur le mur. Il se retourna vers elle lorsqu'un cri traversa le plancher. Une voix de femme à laquelle répondit immédiatement celle d'un homme beuglant « tu me fais chier » avec hargne.

Ara tourna le visage vers son fils et hocha la tête.

— Ça fait des semaines que ça dure… Ils ne cessent pas de s'engueuler.

— La joie des immeubles parisiens. Ne te plains pas, tu n'as pas de voisins au-dessus de toi.

— L'autre soir j'ai entendu des bruits de verre, je pense qu'ils se battent.

— Et alors, maman ? Tu n'y peux rien.

— Je sais, mais je ne peux pas faire semblant de ne pas entendre.

Tomar se rapprocha et vint se mettre accroupi en face d'elle.

— Tu voudrais que je fasse quoi ? Que j'aille les voir ?

— Je ne sais pas.

— Je peux y aller si tu veux, mais je ne pourrai pas faire grand-chose. C'est leur vie privée. Des couples qui s'engueulent, il y en a des milliers partout autour de toi.

— Pas comme ça.

Tomar lui prit les mains et elle sentit la chaleur intense de son fils se transmettre dans sa chair.

— Je comprends pourquoi ça t'angoisse autant…

Elle savait très bien à quoi il faisait allusion en lui disant ça. Treize ans… c'est le temps qu'il lui avait fallu pour se débarrasser du bourreau qui lui avait fait vivre l'enfer entre quatre murs. Treize années de violences avant qu'elle ne réussisse à fuir. Et ce n'étaient pas les coups qui l'avaient le plus marquée, mais tout le mal que cet homme avait fait à Tomar et à son frère, ses propres fils.

— Tu as peut-être raison… Si ça continue, je descendrai voir ce qui se passe, conclut Tomar en lui souriant.

Ils restèrent là, immobiles, main dans la main. Elle aurait souhaité que cet instant dure une éternité.

— Alors ? Tu voulais me dire quelque chose ? reprit Ara.

— Il faut que j'y aille, dit-il en se redressant. J'ai besoin de sommeil et demain je commence tôt.

Elle sentit ses lèvres se poser sur sa joue et le regarda s'éloigner vers la porte.

— Rentre bien, mon fils, dit-elle avec une pointe d'amertume. Rentre bien et prends soin de toi.

11

C'était un soir de janvier, je crois. J'étais fatiguée par ma journée de travail et j'avais envie de me coucher tôt. Lorsque je suis rentrée dans ma chambre, IL m'attendait debout face au lit. « C'est toi qui t'es assise ici ? » Je ne comprenais pas de quoi il me parlait. Alors il s'est énervé en me montrant la marque sur le rebord du lit où, effectivement, je m'étais assise quelques instants. « C'est moi qui fais le lit le matin, alors tu évites de le déranger. » Je me demandais s'il était fou, mais non, IL aimait tout contrôler. Il voulait imposer sa volonté sur le moindre objet, il voulait que je sois un objet moi aussi. Et peu à peu, j'ai accepté…

Avant de rentrer dans son petit appartement de la place de Clichy, Rhonda était passée au G20 récupérer une litière, un sac de croquettes et quelques conserves de pâtée. Elle avait grimpé les trois étages, croisant un voisin qui l'avait fusillée du regard – usage parisien bien répandu –, puis s'était contorsionnée pour saisir ses clés avant de pénétrer dans son refuge. Il y régnait une chaleur étouffante et elle avait pris le temps d'ouvrir toutes les fenêtres pour qu'un semblant de courant d'air donne une illusion de fraîcheur. Elle avait ensuite installé la cage de Wookie – nom trouvé par Dino en raison de sa fourrure épaisse – sur le parquet du salon et entrepris de l'ouvrir pour qu'il puisse faire le tour du propriétaire.

Le chat hésita quelques secondes à sortir de son abri puis posa doucement une patte dans ce territoire inexploré. Pendant ce temps, Rhonda enleva ses vêtements, enfila un short pour se mettre à l'aise et se retrouva assise en tailleur face à son nouveau colocataire. Wookie huma l'air puis se mit en mouvement avec précaution. Il se dirigea vers un mur, puis l'autre, aussi sûrement qu'un géomètre en plein calcul de mesures. En arrivant devant une fenêtre, il passa la tête à l'extérieur et fit un bond en arrière lorsqu'un pigeon prit soudainement son envol.

— Tu m'as l'air d'être un gros trouillard, toi, dit Rhonda en rigolant.

Depuis le départ de sa Normandie et son installation à Paris, elle n'avait jamais possédé d'animal de compagnie ni même envisagé d'en avoir un. Elle se souvenait de la vieille Boulba, un labrador noir qui l'avait quasiment vue naître et dont elle s'amusait à tirer les oreilles. Elle dormait au pied de son lit et, lorsque les nuits étaient trop froides, tout contre elle sur le matelas. Rhonda se rappelait aussi ses derniers jours, ses pattes arrière étaient paralysées par l'arthrose et elle n'arrivait plus du tout à se déplacer. Ses parents l'avaient amenée chez le vétérinaire et après… plus rien. C'est peut-être là qu'elle avait décidé de ne plus avoir de chiens ni de chats.

Alors pourquoi venait-elle aujourd'hui de récupérer cet animal qui, comme l'avait dit Francky, pourrait très bien finir à la SPA ? Cela ne faisait que lui rappeler cette pauvre fille dans la piscine. Rhonda sentit une angoisse lui serrer les tripes et elle se dirigea vers la cuisine pour se servir un verre de vin. Oublier tout ce bordel en se grisant un peu la cervelle. Sauf que ce verre de vin et le suivant ne lui firent absolument aucun effet. L'image de ce corps de femme flottant sous la lune ne la quittait pas, comme un fantôme au fond de son verre.

Rhonda vida le fond dans l'évier et rejoignit la salle de bains pour prendre une douche. Alors que l'eau tiède coulait sur sa peau, elle continuait à penser à Clara. Dino était censé récupérer les fadettes le lendemain et elle avait passé la journée à éplucher ses comptes. La « suicidée de Pailleron » – comme l'appelait Francky – gérait ses affaires avec soin. Aucun découvert, des dépenses raisonnables et peu de sorties, elle était prof « suppléante » dans un lycée parisien et en pleine reconversion professionnelle à en croire les anciennes fiches de paie que Rhonda avait retrouvées soigneusement rangées dans une pochette. Comment cette fille sans histoires avait-elle pu se foutre en l'air de cette façon ? Rhonda quitta la douche sans se sécher, passa une serviette autour de son corps – étant donné le vis-à-vis ce n'était pas une option – et retourna s'installer sur le canapé du salon. Un courant d'air lui rafraîchit les épaules et elle frissonna malgré la chaleur. Une présence chaude se colla contre l'une de ses cuisses. Les yeux bleus de Wookie la fixaient entre les poils de sa tignasse. Un regard à la fois perçant et froid.

— On va trouver ce qui est arrivé à ta maîtresse, lança-t-elle comme une promesse.

Et elle eut l'impression que le chat avait incliné la tête pour acquiescer.

12

La nuit avait fini par tomber, mais la chaleur ne le quittait pas. Toute la journée à la piscine, José s'était senti observé. Il voyait le visage de Clara dans le moindre reflet, la moindre flaque sur le sol. En tant que responsable il avait assisté le directeur technique pendant la vidange du bassin et c'était lui qui avait dû nettoyer les filtres laissant échapper le sang de la jeune femme.

— Papa ?

La voix de son fils le surprit alors qu'il se grillait une clope dans l'entrée de son immeuble.

— J'arrive… Dis à maman de commencer sans moi.

De toute façon la bouffe n'aurait aucun goût, plus rien n'avait de goût tellement la peur lui gangrenait les entrailles. Il fallait que ça cesse et il n'avait pour l'instant pas trouvé d'autre solution que cette petite expédition l'air de rien. Il jeta son mégot dans l'allée et se dirigea vers un carré de jardin jouxtant son bâtiment sur lequel un buisson de roses s'était développé grâce aux compétences de la concierge. Il s'assit sur la pelouse et, le plus discrètement possible, commença à gratter la terre pour dégager un espace pas plus grand qu'une grosse pierre. À cette heure-là, la plupart de ses voisins dînaient et il pouvait s'échapper du cocon familial sans éveiller les soupçons, c'était son instant clope, sacralisé depuis toujours.

Il fouilla dans la poche de son short et sortit un petit sac plastique soigneusement scotché autour de l'objet dont il souhaitait se débarrasser. Qu'est-ce qui lui était passé par la tête, bordel ? Comment avait-il pu se mettre dans une merde pareille ? Le trou était maintenant suffisamment large pour y glisser le sac et il entreprit de le recouvrir le plus vite possible tout en surveillant les alentours. Et si un chien venait le déterrer ? Il aurait été plus simple de le brûler ou de le mettre à la poubelle… Mais il n'arrivait pas à s'en séparer complètement. La culpabilité ou autre chose… Et puis aucun risque d'attirer une bestiole, ça n'avait pas d'odeur. Au cas où, il posa deux grosses pierres sur la zone et répartit la terre restante pour que tout paraisse normal.

Une fois l'opération terminée, il retourna à l'entrée de l'immeuble et s'alluma une nouvelle cigarette. C'était vraiment ridicule, mais il se sentait déjà plus léger, comme si le faire disparaître permettait de résoudre tous ses problèmes. L'interphone de son hall s'enclencha et la voix de son fils le rappela à nouveau à l'ordre.

— Papa, on mange ! Tu viens ?

Il avait reçu sa convocation chez les flics le matin même, ce qui n'avait rien d'étonnant vu qu'il était le premier à avoir découvert le corps. Demain il jouerait sa partition comme si de rien n'était, évitant de repenser au visage de Clara et à ce qui gisait sous la terre. Un jeu d'enfant.

— J'arrive, répondit-il avant d'écraser sa cigarette sous la semelle de ses chaussures.

Demain il serait sorti d'affaire…

13

Pourquoi Tomar se trouvait-il ici ? Qu'est-ce qui l'avait amené jusqu'à cette cage d'escalier qui puait la mort ? Il y eut des pas lourds et un couinement de serrure avant que la porte ne s'ouvre. L'homme n'avait pas changé. Il était grand avec des épaules étriquées et des hanches larges. Il portait une chemise d'un bleu blafard sur laquelle pendait une cravate rouge trop courte. Il avait un visage épais et grossier, un début de calvitie et des yeux en amande où brillaient deux pupilles de crocodile. Il lui fit signe d'entrer et ils se retrouvèrent dans le salon. Tomar n'arrivait pas à distinguer les meubles ni la déco, il se sentait dans le coton, le corps engourdi, mais l'esprit étonnamment vif. Son hôte lui parlait d'une voix monocorde, agrémentant parfois la discussion d'un sourire reptilien. C'est là que Tomar remarqua sa langue, étrangement longue et mouvante entre de petites dents taillées en pointe. Le ton monta et l'homme se jeta sur lui pour le frapper avec ses poings. Mais Tomar lui avait déjà saisi le cou avec toute la puissance de sa poigne. Il serra et serra encore jusqu'à ce que ses pouces se rejoignent et qu'il perçoive le déclic de la glotte se brisant vers l'intérieur de la trachée. Le regard vitreux et les dents pointues claquèrent comme des mâchoires, mais il était trop tard. L'homme cessa de se débattre et ses yeux devinrent deux fentes sans lueur. Tomar se redressa alors au-dessus du corps d'Antonin Belko et commença à hurler…

Arrivé dès l'ouverture de la salle de boxe, Tomar s'acharnait à frapper un adversaire invisible pour tenter d'oublier son cauchemar. La boxe comme exutoire de ses angoisses, la fatigue des muscles pour se vider la tête, c'est comme cela qu'il avait toujours fonctionné. Trente minutes qu'il travaillait en *shadow,* enchaînant les combinaisons et les esquives comme un danseur virevoltant sur une scène. Trente minutes qu'il ressassait les souvenirs de ses rencontres avec le lieutenant Belko et qu'il essayait de déterminer si son cerveau capricieux avait effacé la dernière d'entre elles.

— Tu fais de la merde.

La voix de Marco le sortit de sa torpeur.

— On dirait un putain de robot qui brasse de l'air. C'est pas comme ça que je t'ai appris à boxer, gamin.

Marco Berthier se tenait sur le côté du ring. Il avait troqué son éternel manteau en laine noire et son bonnet de docker contre une chemisette largement ouverte sur son torse et une casquette estampillée de l'insigne du RAID. Il était tout juste 8 heures du matin, mais la chaleur s'engouffrait déjà par la verrière zénithale et Tomar transpirait à grosses gouttes.

— Qu'est-ce que tu fous là ? T'es pas au lit ? répondit-il à son visiteur pour donner le change.

— J'avais un truc à régler dans le quartier. Et puis c'est pas tes oignons de toute façon.

Humeur de dogue, se dit Tomar en glissant sous les cordes pour descendre du ring et se rapprocher de son mentor. Soixante-douze piges, un visage ridé comme le cul d'un babouin, quelques touffes de cheveux blancs dressés vers le ciel et une fine barbiche entretenue avec soin, Marco Berthier en imposait malgré le poids des années. Il était petit, mais taillé dans le roc et son regard sombre en disait suffisamment pour vous ôter toute envie de le traiter en vieillard inoffensif – ce qu'il n'était certainement pas.

— Toujours aussi grognon, hein ? lâcha Tomar en enlevant ses gants.

— À mon âge y a des trucs qui ne changent pas.

Il saisit la main de Tomar pour lui écraser les phalanges. Un jeu viril auquel il se livrait depuis qu'il le connaissait. Marco Berthier, ex-militaire, ex-flic, ex-entraîneur des sections d'assaut et des forces spéciales. Tomar avait croisé son chemin tout minot lorsqu'il était lui-même parti sur une mauvaise pente. Marco n'avait pas fait que le remettre sur les rails, il lui avait aussi sauvé la vie en couvrant la plupart de ses conneries, même les plus dramatiques. Le lien qui les unissait aujourd'hui allait au-delà de l'amitié. Tomar aurait donné sa vie pour lui sans hésiter. Il était le maillon manquant de la famille, le père qu'il aurait aimé avoir à la place de l'autre ordure. Marco l'avait aidé à reconstruire ce que l'autre avait détruit…

— Bon qu'est-ce qui t'arrive pour retrouver le chemin de la salle de si bonne heure ? T'as des soucis ? dit Marco en l'observant dans les yeux.

Il avait aussi un instinct de prédateur auquel on ne pouvait rien dissimuler.

— Ouais, on peut dire ça, Marco. Va falloir que tu m'aides sérieusement à gamberger.

— Qu'est-ce qui se passe ? C'est pas cette putain de maladie à la con au moins ?

— Non, de ce côté-là ça va. Mes journées sont… tranquilles.

Ce qui était un demi-mensonge car, sans ses médocs, il arrivait fréquemment à Tomar d'avoir ce que Rhonda qualifiait d'« absences », mais qu'il savait être beaucoup plus grave que ça.

— Alors quoi ? Tu vas quand même pas te plaindre de ta vie de flic ! Tu serais pas le premier, mon garçon.

— Antonin Belko, tu te souviens…

— Ouais, le connard qui voulait te coincer l'année dernière. Il a cassé sa pipe, non ?

Tomar hésitait à lui dire la vérité sur ses craintes. Mais il avait peur que Berthier pense qu'il perdait l'esprit alors que, paradoxalement, il ne s'était jamais senti aussi bien.

— Il faut que je sache qui l'a tué.

— Pourquoi ?

— Pour m'enlever un doute.

Tomar n'eut pas besoin d'en dire plus. Berthier le fixa longuement dans les yeux, le genre de regard qui vous transperce et rend les mots inutiles.

— OK, tu peux compter sur moi, répondit-il simplement en lui donnant une petite tape sur la joue. Et pour ta droite, si t'engages pas l'épaule ça sert à rien de frapper. Autant pisser dans un violon. T'es aussi raide qu'un de ces cons de cruchots ! (Berthier détestait la gendarmerie.)

Tomar s'épongea le front avec le tissu de son tee-shirt en se dirigeant vers le vestiaire.

— Toujours à voir les défauts.

— Ouais, tu connais l'histoire du verre… Moi c'est la partie à moitié vide qui m'intéresse. Le reste, je m'en tape. J'ai été élevé comme ça, à la dure. D'ailleurs quand on s'est rencontrés, ça m'a bien servi avec toi !

— J'imagine…, répondit Tomar en observant le visage marqué de son mentor.

La partie à moitié vide… c'est comme ça que Tomar s'était considéré depuis le début de l'histoire de sa vie. Il était temps qu'il tourne le regard vers l'autre côté. Mais quelque chose se dressait encore entre lui et un avenir meilleur. Cette chose s'appelait la culpabilité et avait la gueule d'Antonin Belko.

14

Tomar fixait José Mendez alors qu'il se tenait assis face à Rhonda. Sa petite taille et son gabarit de jockey ne faisaient pas de lui le cliché du maître-nageur, loin de là. Il avait la quarantaine, un crâne lisse et une barbe coupée avec soin lui donnant un air plutôt doux. La position de son corps, recroquevillé sur lui-même, les bras croisés sur la poitrine, trahissait le malaise dans lequel il devait être de se trouver dans les bureaux du Bastion, entouré de flics. C'était souvent le cas de leurs clients, mis à part les criminels endurcis visitant les nouveaux locaux comme des touristes un parc d'attractions. Tomar se rappelait encore ce dealer leur ayant fait passer un mot de félicitations sur la propreté des cellules de GAV. L'hôtellerie était bonne et les clients heureux. Un monde parfait.

Sauf que Rhonda avait José Mendez dans le collimateur. Ses yeux vert émeraude le transperçaient aussi sûrement qu'une lame de couteau. Trente minutes qu'elle le cuisinait sur son emploi du temps et sa relation avec Clara Delattre. Car le petit maître-nageur donnait des cours à la victime depuis plus d'un an à raison de deux séances par semaine et, au-delà de ça, Dino avait découvert qu'il l'avait appelée de nombreuses fois – beaucoup trop pour un prof de natation –, et encore plus dans les mois précédant sa mort. Pour l'équipe, ça ne faisait pas trop de doutes, ces deux-là devaient avoir une relation, a priori cachée vu que le mec était marié avec deux gosses, et José Mendez représentait leur meilleure chance de comprendre ce qui était réellement arrivé à Clara Delattre.

— Donc vous lui téléphonez trois fois par jour et c'est pour caler des dates de rendez-vous ? lança Rhonda d'une voix rauque.

Mendez fuyait par tous les pores de sa peau. Son corps n'était qu'une boule de muscles contractés sur sa chaise, prêts à se liquéfier. S'il avait pu, il aurait coulé entre les lattes du plancher, sauf qu'au New 36 c'étaient des plateaux en béton recouverts de moquette. Aucune issue possible.

— Va falloir ouvrir votre bouche, monsieur Mendez, sinon on y sera encore demain matin.

Menace un peu exagérée, car il ne faisait pour l'instant l'objet d'aucune procédure de garde à vue. Bluff classique lorsqu'on tentait de faire se desserrer les mâchoires d'un gars qui ne connaissait pas ses droits.

— Vous couchiez avec elle, c'est ça ?

Le maître-nageur leva la tête et il ne fut pas difficile de décrypter l'émotion qui lui déformait le visage : la terreur. Non seulement ce mec couchait avec leur victime, mais il flippait plus que tout que sa femme l'apprenne. Combien de fois avaient-ils vu ça ? C'était aussi vieux que le monde, un homme, une femme, un autre homme, une autre femme… ça appartenait à la sphère « privée », sauf que, dans ce cas précis, l'autre femme s'était tranché les veines à la piscine, lieu de travail de leur suspect.

— Pourquoi… pourquoi vous dites ça ? réussit-il à répondre en se mordant les lèvres.

— Ne vous moquez pas de moi ! Faut arrêter de me prendre pour une conne !

Rhonda brandit un papier sur lequel Tomar aurait pu parier qu'il n'y avait absolument rien d'écrit.

— J'ai ici une liste de cinquante appels émis depuis votre portable sur celui de Clara Delattre. Vous avez d'autres clients en cours particulier, non ? Vous les harcelez autant ? C'est un boulot à plein temps votre standard téléphonique, là.

— On… on s'appréciait tous les deux… mais c'est tout.

— Ah oui, vous étiez amis, elle venait prendre un verre à la maison… avec votre femme peut-être ?

Mots clés. La tronche de Mendez perdit sa couleur et devint aussi blanche que le cul d'une nonne. Il donna l'impression de vouloir répondre quelque chose, mais aucun son ne sortit de sa bouche alors que Rhonda continuait de le pilonner.

— Alors, voilà ce qu'on va faire, vous allez rentrer chez vous et je vais envoyer une convocation de couple. On reprendra notre discussion à trois.

Argument fatal contre les maris infidèles. Ça marchait à tous les coups.

— Oui… on est sortis ensemble… c'est vrai.

Le regard de Rhonda ne se radoucit pas pour autant, elle n'en avait pas fini avec lui. Tomar se dit qu'il n'aurait pas voulu être à la place de Mendez.

— Depuis combien de temps ?

— Six mois… mais c'était terminé, c'est elle qui a voulu rompre.

— Depuis quand exactement ?

— Fin mai… début juin… c'est pour ça que je l'ai appelée souvent. Je voulais lui parler.

— Pourquoi ? Vous n'avez pas encaissé qu'elle vous largue ?

— Non ! (Il leva la tête vers elle avec, pour la première fois, des relents de sincérité dans les yeux.) Je m'inquiétais pour elle… Clara, elle avait l'air forte mais… c'était une fille instable, mal dans sa peau.

Il y eut un silence et Tomar échangea un regard avec sa coéquipière. C'était le moment de vérité. Un laps de temps fragile durant lequel leur client pouvait livrer des informations précieuses. Francky soupira façon ulcère, mais il n'en perdait pas une miette.

— Ça veut dire quoi ça ? Elle était en dépression ?

— J'en sais rien… elle n'allait pas bien à plein

de niveaux. Ça se sentait… mais c'est tout ce que je peux vous dire. On se voyait pas souvent, entre mon boulot et ma famille…

— Suffisamment pour coucher ensemble en tout cas. Vous l'avez rencontrée à la piscine ?

— Oui, elle a voulu prendre des cours particuliers. Elle était perfectionniste, elle souhaitait faire de la compétition. Un soir je l'ai retrouvée après l'entraînement et… on est allés boire un verre chez elle.

— Et après ?

— On se voyait de temps en temps… le plus souvent à la piscine. C'était notre manière à nous d'être ensemble.

— Mais vous avez une femme et deux enfants, non, monsieur Mendez ?

Ce jugement de valeur n'était pas le genre de Rhonda, mais ça faisait partie du jeu d'appuyer sur la culpabilité du suspect pour le pousser dans ses retranchements. Mendez baissa les yeux et sa voix s'étrangla un peu.

— Ça m'a soulagé quand elle m'a dit que c'était terminé.

— Et pourquoi ça s'est arrêté ?

— Je ne sais pas. J'imagine qu'elle s'était lassée de moi. Ou elle a rencontré quelqu'un d'autre…

— Et vous lui avez pourri la vie en l'appelant sans arrêt.

Tomar sentit que c'était le moment de prendre la main, Mendez risquait de se refermer comme une huître.

— Monsieur Mendez, est-ce que vous avez une idée de ce qui a pu motiver son acte ?

Le maître-nageur se retourna vers Tomar avec un regard reconnaissant. Il était heureux de s'échapper quelques secondes des griffes de Rhonda.

— Je ne sais pas… Clara, c'était une fille pleine de passion, et très courageuse. Mais y avait quelque chose d'enfoui… une souffrance. Elle pleurait sous l'eau.

— Comment ça, elle pleurait sous l'eau ? Qu'est-ce que vous voulez dire ?

— C'est une expression qu'on utilise en compétition. Quand un nageur vient s'entraîner et qu'il traverse des épreuves dans sa vie privée, on lui dit qu'il n'a qu'à pleurer sous l'eau, là où personne ne pourra le voir.

Francky hocha la tête et nota quelque chose sur l'un de ses carnets. Ils ne réussirent pas à tirer beaucoup plus de José Mendez et l'entretien prit fin quelques minutes plus tard. En partant, il demanda à Tomar s'il était possible de rester « discret » sur sa relation extraconjugale, mais on lui expliqua que tout ce qu'il avait dit était désormais consigné dans un procès-verbal utilisable en cas de procédure pénale, ce qui n'était pas le cas pour l'instant. Il quitta le bureau avec un air désolé et Rhonda le fixa jusqu'à la dernière seconde.

— Il ment, lâcha-t-elle au moment où la porte se fermait sur lui.

Tomar ne savait pas quoi en penser. José Mendez avait trompé son épouse, harcelé son amante au téléphone, mais il semblait sincèrement triste de son acte de désespoir.

— Pourquoi tu dis ça ?

— Je ne sais pas encore… Il nous cache quelque chose, j'en suis sûre. Et puis les traces de pas, ça pourrait très bien être les siennes.

— Ou celles de la victime, ou de n'importe qui, lança Francky depuis son bureau.

— Et les empreintes sur la fenêtrc ne correspondent à rien. En tout cas dans nos fichiers…

Tomar savait à quel point les intuitions de Rhonda étaient souvent justifiées. Pourtant, il n'arrivait pas encore à voir le lien. La femme qui pleurait sous l'eau gardait tout son mystère…

15

Trouver un endroit où déjeuner dans le quartier du New 36 était déjà un exploit. Il fallait remonter la rue du Bastion dans une zone en chantier pour rejoindre un pont et enjamber le périphérique intérieur. Une petite marche zigzaguant entre les engins de construction vous conduisait en pente légère dans la rue Mstislav-Rostropovitch, c'est-à-dire un *no man's land* de buildings inhabités à la pointe de l'architecture parisienne. Ce quartier serait bientôt un îlot moderne surplombant la porte de Clichy et gavé d'enseignes internationales chères à la mondialisation galopante. Pour l'instant c'était un décor postapocalyptique où on ne croisait que des ouvriers casqués et des flics errant vers leur pitance.

Si on n'avait pas le courage de faire ce trajet, on pouvait descendre et longer les grilles en acier recouvrant le rez-de-chaussée du tribunal. En bifurquant sur la droite et en passant devant le théâtre de l'Odéon, on rejoignait le boulevard Berthier et la sortie du métro ligne 13, porte de Clichy. Il y avait là un Burger King sentant la friture et le cholestérol, un kebab plutôt honorable et un petit troquet japonais tenu par des Chinois et orné d'une belle enseigne lumineuse Soleil de Kyoto. On n'y mangeait pas trop mal et c'était le rade le plus proche du Bastion, du coup la plupart des collègues et des jeunes avocats fraîchement débarqués au barreau s'y retrouvaient pour partager leur lot de poisson cru et de riz blanc.

Rhonda s'était installée à une table le long du bar derrière lequel le cuisinier découpait ses morceaux de saumon et grillait ses brochettes. D'où elle se trouvait, elle avait une vue directe sur l'entrée et le vieil aquarium dont les eaux troubles semblaient abriter quelques poissons chinois rouges à voilure dont on n'aurait pas osé se prononcer sur l'état étant donné qu'ils avaient une fâcheuse tendance à nager sur le dos. On espérait juste ne pas avoir les mêmes dans l'assiette. Tomar dévorait sa salade de chou en regardant Rhonda sans trop desserrer les mâchoires si ce n'est pour mastiquer. Elle portait un tee-shirt noir près du corps et avait noué sa tignasse blonde en épi au-dessus de sa tête. Ses grands yeux en amande observaient la salle. Elle était belle, foutrement belle, et Tomar pensa qu'il devrait vraiment le lui dire plus souvent. Comment on se retrouvait à ne pas savoir parler aux gens à qui on tenait le plus ? Quel bordel psychique faisait de lui ce gars solitaire et silencieux alors qu'il se trouvait avec la femme idéale ? Il y avait en lui de l'amour mais aussi du désir et il aurait donné cher pour transformer l'échoppe nippone en un lit *king size* dans un hôtel loin du périph. Depuis toujours Tomar s'exprimait mieux avec son corps qu'avec des mots, c'est ce qui l'avait fait briller sur les rings, et au milieu de l'été, malgré les soucis, sa libido grimpait de manière galopante. Le problème était que Rhonda n'avait pas vraiment la tête à ça, elle semblait complètement absorbée par son enquête.

— T'en penses quoi de ce José Mendez ? finit-elle par lui demander alors que la première salve de brochettes arrivait sur la table.

— Un gars sans histoires d'après moi. Il a couché avec elle, il l'a accrochée un peu, mais pas de quoi lui faire se trancher les veines.

— Pas sûre. Le mec trompe sa femme, OK, le mec a un crush pour une de ses élèves, OK… Mais le mec la rappelle dix fois par jour. Et y a l'histoire du code d'entrée aussi. C'est lui qui le lui a filé à tous les coups.

— Il n'a pas nié. Visiblement elle venait souvent s'entraîner avant l'ouverture ou tard le soir. Ça ne fait pas de lui un suspect. Et puis suspect de quoi ? A priori, il ne s'agit pas d'un meurtre.

— Et les traces de pas ?

— Inexploitables… tu le sais bien. Comme les empreintes sur la fenêtre… Y a des générations de gamins qui ont dû passer par là.

Rhonda hocha la tête, elle avait du mal à accepter l'évidence.

— Je suis persuadée qu'elle ne s'est pas ouvert les veines pour rien.

— Ça, je suis bien d'accord avec toi, mais on n'est pas là pour faire sa psychanalyse. Même si Mendez était lié à ses idées noires, on ne peut pas le prouver. En plus il a un alibi en béton, il était chez lui avec ses gosses. Tu sais très bien qu'on a des wagons de suicides tous les mois. C'est pas notre job, simplement.

Rhonda n'avait pas touché à son assiette. Elle serrait les dents avec une colère perceptible. Pour quelle raison cette « petite » affaire la mettait-elle dans un état pareil ?

— Ça va, toi ? risqua Tomar avec l'assurance d'un gars posant sa main dans la gueule d'un pitbull enragé.

— Oui ça va, mais ça me fout en rogne. Y a un truc qui cloche, je le sens, et on n'arrive pas à mettre la main dessus…

Elle n'eut pas le temps de finir sa phrase que la porte du Soleil de Kyoto s'ouvrit et qu'un éclat de rire féminin traversa la salle. Ovidie Metzger et deux collègues masculins pénétrèrent dans le restaurant, visiblement en pleine séance de poilade. Elle portait une petite robe bien moulante et bien courte dévoilant de jolies jambes dont le galbe ne laissa indifférent aucun des hommes de la salle. Rhonda la foudroya du regard et ses yeux s'arrêtèrent sur le serpent tatoué sur son bras gauche.

— C'est qui celle-là ? Son visage me dit quelque chose.

— Ovidie Metzger… la nouvelle proc.

Il n'était pas dans sa tête, mais Tomar imaginait qu'il devait y avoir à l'œuvre une sorte de jalousie féminine primale classant Ovidie Metzger dans la catégorie des femmes à abattre.

— Elle a l'air plutôt rigolote, dit Rhonda contre toute attente.

Tomar avait encore beaucoup à apprendre sur les femmes.

— Rigolote, je ne sais pas. Elle m'a demandé de coopérer dans l'enquête Belko.

Une lueur d'inquiétude traversa le visage de Rhonda alors qu'une serveuse déposait un bol de riz sur la table.

— Y a pas d'enquête Belko, c'est toi qui me l'as dit.

— Le mec a été étranglé dans son appartement, donc si, y en a forcément une… et c'est Alvarez qui s'en occupe.

Rhonda se pencha vers lui.

— Tu m'as promis que tu n'y étais pour rien. Tu te souviens ? Promis.

— Bien sûr, je me souviens. Et je te jure que je ne t'ai pas menti. Sauf que…

— Sauf que quoi ?

— Sauf que j'avais beaucoup d'absences à l'époque. Des blancs, des oublis… donc je veux vérifier.

Rhonda eut un râle de déception et repoussa son bol de riz en arrière en collant son dos à sa chaise.

— Je ne t'ai pas menti, Rhonda.

— Bah, pourquoi tu me dis ça alors ? Tu m'avais juré que c'était terminé, qu'on n'en entendrait plus jamais parler.

Elle se redressa d'un coup, sortit un billet de vingt euros de sa poche et le jeta sur la table.

— Arrête, reste…

— J'ai rencart avec Bouvier. J'ai pas faim de toute façon… On se retrouve plus tard.

Et elle quitta la table et le restaurant sous le nez de la serveuse qui fixa Tomar avec un air gêné.

Il y eut un silence qui lui parut durer des heures et Tomar entendit à nouveau le petit rire cristallin d'Ovidie Metzger en provenance du fond de la salle. Après avoir payé l'addition, il remonta le boulevard pour se remettre les idées en place. Entouré par les entrailles d'acier du grand chantier des Batignolles, Tomar se sentait comme l'une de ces sentinelles. Une épave solitaire en construction. Et puis cet instant de vague à l'âme passa et il serra les poings en se dirigeant vers le Bastion.

16

Un jour j'ai explosé. Je lui ai dit que notre relation était terminée, qu'il devait récupérer ses affaires et rentrer chez lui. Il m'a dit que ça ne changerait rien. Tout ce que ça produirait c'est rendre ma vie plus difficile, car d'après lui j'étais incapable de m'occuper de moi, ni de trouver ma place dans ce monde. IL m'a regardée avec un sale rictus en me disant... « Sans moi tu n'existes pas »... et je l'ai cru.

Bouvier était penché au-dessus du corps de Clara Delattre. Une aiguille dans la main droite, il terminait de suturer les incisions de son travail, laissant derrière lui sa marque sur le torse nu de la jeune femme : un immense Y dont la barre partait du pubis jusqu'au plexus solaire avant de se diviser en deux bras au-dessus de la poitrine. Rhonda n'avait pas assisté à l'autopsie – c'était généralement Francky qui s'y collait – mais elle avait tenu à être là dans les derniers instants pour profiter des remarques du légiste.

Même si elle ne voulait pas se l'avouer, cette affaire la prenait aux tripes plus que d'habitude. Être flic, c'était apprendre à se protéger, notamment de ses émotions, en mettant le plus de distance possible avec les victimes. Mais cette femme qui flottait dans la piscine avait ouvert dans son armure une brèche par laquelle s'engouffraient des torrents d'angoisse et de doute. Tomar avait raison, les suicides n'étaient pas leur priorité habituellement, mais là il y avait autre chose. Comme un appel au secours dont l'écho subsistait bien au-delà de la mort. Personne ne l'entendait sauf Rhonda et elle avait décidé, pour une fois, de ne pas faire la sourde oreille.

Son travail terminé, Bouvier se retourna vers l'évier installé le long du mur et y déposa son matériel avec précaution. Le corps nu de Clara Delattre s'étendait sur la table en inox. Ses cheveux noirs tombaient sur ses épaules et contrastaient avec la blancheur irréelle de sa peau. Elle avait un corps musclé, toujours beau malgré les outrages de l'autopsie, et son visage semblait serein. Pour un peu on l'aurait crue endormie.

— Donc pas grand-chose de plus à vous dire pour compléter mes premières constatations, murmura le légiste avec une voix fatiguée. Elle s'est tranché les veines du poignet pour provoquer l'hémorragie, ce qui n'entraîne pas une mort rapide… Elle a eu le temps de nager en se vidant progressivement de son sang.

— Mais ça a pris combien de temps exactement ?

— Je dirais une dizaine de minutes… avant la perte de connaissance. En tout cas elle avait mis toutes les chances de son côté pour ne pas se rater.

Bouvier enleva ses gants en plastique et fouilla dans un classeur rangé sur une étagère basse à l'entrée de la salle.

— J'ai eu les résultats toxicologiques. On relève des traces de fondaparinux dans ses artères.

— C'est-à-dire ?

— Un anticoagulant administré par voie sous-cutanée. Visiblement elle s'était fait plusieurs injections les jours précédant son acte. Avec ça elle était certaine de ne pas se louper. Impossible d'endiguer l'hémorragie, il ne reste quasiment pas une goutte de sang dans son corps.

— On peut se le procurer facilement ce médoc ?

— Sur ordonnance uniquement. Mais bon… ça reste un produit accessible.

— Rien d'autre ?

— Rien… mis à part quelques cicatrices sur sa main gauche.

— Elle s'est battue ?

— Non… c'est ancien, au moins un an… et c'est du travail de pro. Chirurgie de la main d'après moi. Elle devait souffrir d'un déchirement ligamentaire ou quelque chose du genre. Du très bon boulot.

Bouvier se retourna et prit un drap vert pomme qu'il posa sur le corps.

— On peut rendre la dépouille à sa famille. Je ne vois pas de raison particulière d'aller plus loin en ce qui me concerne.

Affaire classée. Une victime de plus à disparaître dans l'oubli. Bientôt dans une boîte puis sous deux mètres de terre. De la chair à asticots. *Reprends-toi ma fille !* hurla une voix de guerrière à l'intérieur de Rhonda. Quand on côtoyait la mort au quotidien, les idées noires n'étaient jamais loin. Avancer sans penser, mais avancer. Ne pas fixer l'image de cette fille flottant sous la lune, ne pas laisser la rage monter, contrôler ses émotions… Mais putain de bordel il y avait bien un sens à tout ça ! On ne se foutait pas en l'air pour rien ! Même si ce monde partait en couille au point de nous faire douter d'avoir envie d'y appartenir, on conservait toujours son instinct primaire de survie. On ne se donnait pas la mort sans raison ! « Pas à nous de faire sa psychanalyse », disait Tomar. Et pourquoi pas ? Pourquoi ne pas décortiquer les milliers d'interactions qui ont construit ce moment où tu décides de prendre une lame de rasoir et de te taillader les veines ? Pourquoi ne pas voir les sombres mécanismes amenant à nager dans un bassin en se vidant jusqu'à la dernière goutte de son sang avant de pousser son dernier souffle ? Qui le ferait s'ils n'acceptaient pas de s'en charger ? Personne. Le monde s'en foutait. Clara Delattre aurait aussi bien pu ne jamais exister.

— Avec la chaleur je vais la redescendre au frigo si ça ne vous dérange pas, dit Bouvier, interrompant le flot de ses émotions.

Rhonda regarda une dernière fois le corps de cette femme disparaître dans les entrailles de l'IML. Et elle décida de ne pas la laisser tomber.

17

Le collège Saint-Michel se trouvait dans la rue Bouret, pas très loin du parc des Buttes-Chaumont. C'est dans cet établissement privé catholique que Clara Delattre avait effectué son dernier remplacement en tant que professeure de lettres suppléante, la titulaire du poste étant en congé maternité.

En fouillant son agenda téléphonique, Rhonda n'avait pas réellement réussi à lui découvrir d'amis suffisamment proches pour l'aider dans son enquête. Elle fréquentait quelques personnes rencontrées à la piscine ou au club d'escalade où elle se rendait tous les week-ends. Tous la décrivaient comme une fille discrète, mais très passionnée. Une battante ne ratant aucun entraînement, aucune sortie, été comme hiver. La nouvelle et les circonstances de sa mort les avaient laissés stupéfiés. Ils étaient loin de se douter qu'elle souffrait en silence. Pas plus de succès pour ce qui était de sa famille et de ses relations d'enfance. Clara était originaire du nord de la France et avait déménagé trois ans plus tôt pour venir s'installer à Paris. Elle retournait rarement voir ses parents et n'avait pas entretenu le contact avec ses amis. Ce déménagement coïncidait d'ailleurs avec un projet de changement de carrière et de vie. Titulaire d'un diplôme de marketing, elle avait d'abord intégré le service communication d'un gros groupe pharmaceutique avant de démissionner pour quitter sa région. Depuis son installation à Paris, elle s'était rapprochée de la DDEC, la direction diocésaine de l'enseignement catholique, et avait déposé sa candidature pour devenir suppléante dans le secondaire.

Pourquoi cette rupture géographique et professionnelle, impossible de le savoir sans en parler à un proche. Et c'est dans cet objectif que Rhonda rencontrait Louison Lemaire, professeure de lettres au collège Saint-Michel. Elle avait paru très affectée par la nouvelle du décès de Clara, mais c'était aussi la seule personne à s'être fendu d'un « ça ne m'étonne pas » en entendant le mot suicide. Rhonda avait le sentiment de se raccrocher aux branches mais, vu le peu d'éléments dont elle disposait, toute piste était bonne à prendre et elle ne pouvait compter que sur elle-même.

En face de l'ancien marché Secrétan se trouvait un petit café bien propret, sur la terrasse duquel Rhonda attendait tranquillement son rendez-vous. Plutôt que de la rencontrer au sein de l'établissement, ou dans les locaux du groupe, elle avait préféré la voir en lieu neutre. Il ne s'agissait pas de lui faire peur, mais au contraire d'essayer de puiser dans le peu de sources disponibles quelques éléments pour mieux comprendre Clara. La prof était arrivée avec cinq minutes d'avance et Rhonda lui avait fait un signe pour qu'elle la rejoigne à sa table. Louison Lemaire avait dans les trente-cinq ans, de longs cheveux châtains noués en chignon et un visage marqué par la fatigue. Elle portait une chemise en lin blanc et un jean retroussé sur une paire d'escarpins. Une fille sobre, se dit Rhonda en la regardant lui tendre la main. Les présentations faites, elles avaient commandé deux Coca light et Rhonda était entrée dans le vif du sujet.

— Au téléphone vous m'avez dit que son suicide « ne vous étonnait pas ». Il y a une raison précise à ça ?

Louison eut l'air un peu gênée.

— Je ne la connaissais pas très bien... peut-être que je m'avance.

— À ce stade, toute information m'intéresse. Sentez-vous à l'aise de tout me dire, même des intuitions. Notre rendez-vous est totalement informel, j'essaie juste de comprendre son geste.

— J'ai rencontré Clara au début de son remplacement, vers la mi-mars. C'était seulement sa deuxième mission sur le terrain.

— Vraiment ? Je pensais qu'elle était venue à Paris pour se consacrer à ce nouveau métier.

— Oui. Clara était quelqu'un de passionné. Elle

m'a expliqué sa démarche, je savais qu'elle avait eu une autre carrière avant. Elle avait besoin de donner du sens à son travail, de se sentir utile plutôt que d'être au service d'une activité purement commerciale. C'est pour ça qu'elle a quitté sa boîte dans le Nord.

— Il n'y a pas d'autre raison à son déménagement ?

— Pas que je sache. Je pense qu'elle a toujours été très indépendante. Et elle ne m'a jamais parlé de ses parents…, continua Louison en versant un peu de soda dans son verre. Quand elle est arrivée dans notre établissement, je lui ai servi de guide… C'est pas forcément évident d'entrer dans les chaussons d'une prof titulaire. Encore moins dans le cas de sa classe, le collège c'est souvent un peu chaud.

— Aucune histoire de harcèlement ?

— Aucune… Saint-Michel est un établissement sans problème… enfin des problèmes il y en a toujours, mais pas au point de… (Sa voix devint tremblotante.) Non, ce n'est pas ça dont je parlais au téléphone. Un jour, nous sommes allées dîner toutes les deux et elle m'a dit avoir rencontré quelqu'un… un homme.

— Elle vous a donné son identité ?

— Non… Elle m'a juste dit que ça se passait mal, très mal. Qu'il était jaloux, violent… qu'elle n'arrivait pas à s'en débarrasser. En deux mois, je l'ai observée dépérir… À la fin de sa mission, ce n'était plus la même jeune femme. Elle m'évitait aux pauses déjeuner, ne fréquentait plus la salle des profs, c'est à peine si elle ne rasait pas les murs. Même ses élèves se sont plaints d'« absences » durant lesquelles elle ne disait plus rien. Bref… j'ai essayé de l'aider, de l'appeler, car je sentais bien que ça allait mal. Mais elle n'a jamais répondu à mes tentatives.

— Quand est-ce que vous l'avez vue pour la dernière fois ?

— Il y a deux semaines, à la fin de l'année scolaire. On avait organisé une petite fête entre profs et elle n'est pas venue. Pourtant c'était aussi l'occasion de marquer son départ, car ce n'est pas elle qui devait reprendre le poste en septembre.

— Cet homme qu'elle aurait rencontré, qu'est-ce qu'elle vous a dit sur lui ?

— Elle avait l'air de l'aimer… vraiment… mais il la faisait souffrir en même temps. Enfin c'est ce que j'ai cru comprendre.

Rhonda fouilla dans la poche de son jean et sortit son téléphone portable. Elle chercha une photo dans sa bibliothèque et l'afficha sur l'écran qu'elle présenta à Louison.

— Est-ce que ça pourrait être lui ? Est-ce que son visage vous dit quelque chose ?

Sur l'écran du portable, José Mendez se tenait dans le bureau du groupe 3. Cliché volé par Rhonda durant l'interrogatoire. Elle agrandit l'image un peu plus.

— Non… ça ne me dit rien, je ne l'ai jamais vu.

— Vous en êtes absolument certaine ?

— Oui.

Rhonda sentit une pointe de frustration lui titiller l'estomac. Mais elle savait désormais qu'elle ne s'était pas trompée. Il y avait quelqu'un derrière la femme qui pleurait sous l'eau. Quelqu'un qui tirait peut-être les ficelles de sa détresse.

Elle quitta Louison Lemaire pour se rendre à la piscine Pailleron et rencontrer le reste de l'équipe des maîtres-nageurs au cas où ils auraient des éléments supplémentaires à déposer au dossier. Mais elle ne fondait pas beaucoup d'espoirs sur cette entrevue, à raison. La demi-douzaine de MNS, principalement des jeunes et tous des hommes, la confortèrent dans son sentiment de malaise. Rien de particulier à signaler sur Clara Delattre, une cliente comme les autres, ni plus ni moins. À croire qu'elle était invisible. Lorsque Rhonda leur demanda s'il leur arrivait d'avoir des « relations » avec leurs élèves, ils se regardèrent en souriant bêtement comme des enfants. Seul un gars plus ancien, un dénommé Cyril avec une carrure de bûcheron et un air jovial, sembla prendre la question au sérieux en répondant ouvertement que ça ne lui était jamais arrivé.

Restait à aborder le point le plus épineux : José Mendez. Dans le cas d'une enquête criminelle classique, personne ne se serait soucié de mettre des gants. On aurait convoqué tout ce petit monde dans les cellules d'interrogatoire rutilantes de leurs nouveaux locaux, et on les aurait cuisinés aux petits oignons, quitte à laisser entendre que Mendez était le suspect n° 1. Mais dans l'affaire Clara Delattre, et en l'absence d'éléments irréfutables, Rhonda marchait clairement sur des œufs. C'était bien un corps qui flottait dans cette foutue piscine, mais un suicide n'était pas un crime. Alors elle se contenta de leur demander s'ils n'avaient rien remarqué de particulier pendant les cours de natation que Clara prenait en compagnie de Mendez. Et les gamins se refermèrent comme des moules sur leur rocher. José était visiblement une figure de ce petit microcosme aquatique. Il bossait là depuis des années, il s'occupait de tout – couvrant leurs conneries, à ce qu'elle pressentait –, et ils n'étaient pas près de l'aider en lui livrant la moindre information. Sauf si elle leur foutait la pression, mais ça, c'était impensable pour l'instant. Cet entretien la conforta dans l'idée que Mendez restait sa seule et unique piste et qu'il allait falloir qu'elle arrive à le faire parler d'une manière ou d'une autre.

18

Il était presque 19 heures, mais une chaleur écrasante continuait à chauffer l'asphalte parisien. Au niveau du 68, rue de Belleville, il y avait un bar-tabac PMU nommé Le Baccarat, plus en hommage à Bacchus qu'au cristal à en juger par l'état de propreté de sa devanture. L'établissement avait subi une fermeture administrative pendant un an à la suite d'une enquête de la brigade des jeux. On y pratiquait pas mal de paris illégaux d'argent dans l'arrière-salle et il possédait même un antique flipper transformable en machine à sous par l'ingéniosité des spécialistes de cette activité clandestine. Il avait changé de propriétaire depuis sa réouverture et avait été racheté par une famille de Chinois originaires du Guangdong. La clientèle avait eu le temps de se refaire et c'était devenu un café parisien fréquentable jouissant d'une vue peu ordinaire sur la tour Eiffel depuis le sommet de la butte. Berthier y conservait ses habitudes – il avait habité le quartier quelques années, même s'il regrettait la période des jeux d'argent dans l'arrière-salle.

— Plus ça va, moins on a de liberté, avait-il expliqué un jour à Tomar. À force de vouloir les protéger, ces foutues libertés, on finit par tout interdire. T'as envie de perdre un peu de thunes en jouant avec tes potes ? Où est le mal ? C'est comme la clope et l'alcool, si t'as envie de crever plus tôt, qui peut t'interdire de prendre du bon temps ? Tout ça pour quoi ? Pour nourrir la gagneuse officielle – comprendre la Française des jeux – qui tapine pour l'État. Ça me fout la gerbe rien qu'à regarder un billet de loto.

Marco était comme ça, fallait pas trop le chercher sur certains sujets.

Tomar avait garé sa Triumph sur l'emplacement deux-roues juste en face de l'angle de la rue Rébeval et rejoint son camarade à la terrasse où il s'était installé, profitant de la vue et des derniers rayons de soleil de la journée. Il lui avait expliqué que ça avait été chaud de récupérer les infos dans le bureau d'Alvarez, mais la pêche était bonne.

— D'après le légiste, Antonin Belko est mort aux alentours de 21 heures, décès par strangulation. Quelques hématomes qui tendraient à prouver qu'il y a eu résistance, mais pas grand-chose.

— C'était quel genre de mec ?

— Huileux, pas le genre à se bagarrer. Mais la configuration du corps et de l'espace alentour prouve qu'il y a eu lutte.

— Et son arme ?

— Ils ne l'ont pas retrouvée. L'appart a été fouillé aussi par l'agresseur. Il n'avait pas de thune sur lui, mais on a laissé sa CB et ses papiers. Difficile de dire s'il manquait des choses dans l'appartement.

— Ça ressemble à un cambriolage qui tourne mal.

— Sauf qu'il n'y a pas de traces d'effraction et qu'ils n'ont relevé aucune empreinte. Et puis 21 heures, c'est pas vraiment un créneau horaire habituel pour un cambriolage, ou alors par opportunisme.

— Il connaîtrait l'agresseur, donc ?

— Possible, répondit Tomar en observant un groupe de touristes descendre la rue.

C'était bien tout le problème et la raison de ses doutes. Antonin Belko et lui s'étaient entretenus la veille de sa mort. L'inspecteur de l'IGS avait suffisamment de preuves pour faire tomber Tomar dans l'affaire Robert Müller et il l'avait menacé de s'en prendre à Rhonda. Leurs rapports étaient tellement tendus que Tomar l'avait attrapé par le col de son imperméable, plaqué contre un mur et avait dû se retenir pour ne pas lui ravaler la façade. Était-il retourné le voir le lendemain pour finir le boulot comme le lui suggéraient ses cauchemars ? Ou simplement pour lui parler et ça avait dégénéré ? Aucun souvenir ! Tomar mettait ça sur le compte de ses « crises » d'épilepsie, mais n'était-ce pas surtout un mécanisme de défense pour lui éviter de sombrer dans la folie ? Après tout Belko n'était pas le premier cadavre à émerger dans son sillon…

— Et l'enquête de voisinage ? interrogea Berthier.

— Rien vu, rien entendu…

— Putain, mais y a rien dans ce dossier ! Qu'est-ce que tu veux qu'on gratte ?

— Attends… j'ai peut-être un truc intéressant. Les voisins justement n'étaient pas là au moment de l'agression, mais ils étaient chez eux dans la journée.

— Et ?

— Ils se sont plaints de « rôdeurs » dans les parties communes. Alvarez a creusé un peu cette piste et ça pourrait être des toxicos venus vendre leur merde dans les beaux quartiers. Y a quelques noms qui ressortent du lot.

Tomar fouilla dans la poche de sa veste et sortit le feuillet en papier sur lequel il avait retranscrit les noms photographiés dans le bureau d'Alvarez.

— Montre-moi ça, dit Marco en le lui arrachant des mains. OK… ça, c'est un début… on peut se rencarder sur ces noms. Y a moyen d'avancer. Et Alvarez qu'est-ce qu'il fout ? Je croyais que ta proc lui avait mis la pression.

— Il charbonne sur une autre piste…, répondit Tomar en fixant les yeux de son camarade. C'est moi qu'il a dans le collimateur…

19

La première fois que j'ai kiffé, c'était une journée presque comme les autres. Momo était assis sur un plot en béton, sa pipe dans la bouche. Il aspirait la fumée blanche en repensant à tous ces instants volés par le crack. Une vie de toxico c'était quoi ? Drogue, thune, drogue. Tout le reste, tu t'en détachais. Tout ce qui avait de la valeur pour toi, de la valeur affective, tu l'éloignais. C'était pas bon pour toi, ça te distrayait de ton objectif. Le kif. Le kif du cracker. La vie en 3D là où les autres se faisaient chier dans un monde à plat.

Momo tira bien fort sur le morceau de chatterton qui lui servait d'embout. Le caillou diminuait à vue d'œil, mais c'était pas grave, pas encore. Il tourna le regard autour de lui et aperçut quelques épaves humaines au milieu du terre-plein. Avec le soleil et les bouts de gazon, si on faisait abstraction des détritus, des seringues et des sachets en plastique jaune et bleu, on aurait pu se croire à la campagne.

La campagne, putain. Momo l'avait connue gamin. Il était pas né ici, mais dans un bled en Italie, à côté de Turin. C'est là-bas qu'il avait appris à dealer pour gagner sa croûte. Du crack y en avait déjà, la drogue du pauvre, c'est universel ça… mais lui, il en prenait pas à l'époque… il était grave clean comme la plupart des dealers. Jusqu'au jour où les flics avaient fait une descente dans sa piaule, et ils rigolaient pas trop les keufs ritals. Momo avait eu le temps de jeter une partie du matos, l'autre il l'avait fumée devant eux pour leur faire croire qu'il était simplement consommateur. Ça pouvait paraître con, mais y avait dix piges d'écart entre les deux peines de zonzon. L'un des flics l'avait regardé en se marrant. Il savait que Momo se foutait de sa gueule, essayait de le baiser. Ouais, il avait souri, mais pas pour cette raison… En fait, ce qu'il se disait, ce connard, c'était « vas-y mon pote, fume bien ta galette, t'auras plus jamais besoin des murs de la prison, t'auras tes propres murs ».

Et il avait tellement raison. Momo avait été immédiatement accro. Bang ! Un flash dans le cerveau, l'impression que tes orbites s'élargissent et c'était terminé. Un zombie comme les autres, esclave du cycle infernal pour la vie entière. Momo avait essayé dix fois de s'en sortir, mais cette saloperie était bien foutue. Quatorze euros, c'était le prix du caillou, tu fumais et tu kiffais ta life… mais cinq minutes après c'était la descente. Bien longue, bien abyssale avec toutes sortes de merdes au fond qui ne demandaient qu'à remonter pour te bouffer le cerveau. Alors tu prenais soit de l'alcool, soit de l'héro – souvent sous forme de Subutex ou tu rachetais du crack parce que sans rien tu te mettais direct une balle dans le crâne. Du coup la drogue du pauvre allait te pomper toutes tes économies, ta famille, ta vie. Combien de fois Momo avait vu des mecs débarquer en belles bagnoles pour acheter une dose, essayer, les cons. Trois mois plus tard ils venaient à pied. La bagnole, elle était partie dans le kif. Comme le compte bancaire, la copine et les enfants…

Momo arrivait à la fin de la pipe, le moment où il fallait tirer comme un fou sur les petits restes au risque de se brûler les poumons. Encore un bout, allez… encore un petit jusqu'à la crise cardiaque et peut-être qu'au final ça serait pas pire. Il posa sa pipe sur ses genoux et prit sa tête dans ses mains. Il était quelle heure, putain ? 20 heures ? 21 heures ? il aurait tout aussi bien pu être 1 heure du matin. Qu'est-ce qu'on s'en foutait ? Ce soir il avait rien de prévu, comme tous les soirs depuis le début de l'été. Son taf de vigile était parti en couille, ses plans foireux avec les cloches de Stalingrad battaient de l'aile. Non, il allait retrouver sa voiture épave garée pas loin de la porte de la Chapelle pour se reposer un peu et récupérer son matos. Après il faudrait qu'il deale en évitant les « modous », ces putains de Sénégalais qui tenaient le marché des environs. Lui, il faisait son affaire en solitaire, pour sa pomme. Il traitait avec les petits jeunes des cités – des morveux d'à peine quinze, seize piges, qui lui fournissaient le matos pour qu'il le revende. Eux habitaient encore chez papa-maman. Ils avaient pas fait la connerie de fumer la pipe. Alors ils ne pouvaient pas comprendre le monde des crackers, ils pouvaient juste l'approcher pour se faire leur thune et retourner dans leurs apparts en HLM jouer à la PlayStation. De temps en temps, Momo leur carottait un peu de thune – ses économies, pour les temps difficiles. Ils faisaient la gueule, ils jouaient les caïds, mais il finissait toujours par les amadouer. Momo avait traîné sa bosse, depuis presque trente-cinq ans. Et il continuait à survivre là où tant étaient morts ou en prison. Donc fallait croire qu'il était pas si con.

Dans un effort surhumain, il réussit à se soulever du plot en béton et traversa le terre-plein en essayant de repérer Samira. Elle était où encore cette foutue Tunisienne ? Quelque part sur les boulevards à tapiner pour payer sa dose ou dans une voiture épave à tailler des pipes à vingt euros. C'était ça le lot des femmes crackers. Vendre leurs corps pour financer le cycle et se détruire le cerveau au passage. Momo était pas trop mal pour son âge – et sa consommation de substances toxiques –, mais Samira c'était une princesse ! Il l'avait rencontrée deux mois plus tôt sur la colline et ça lui avait coûté deux galettes pour calmer les connards qui essayaient de la dépouiller. Depuis, elle le prenait pour son souteneur alors qu'il voulait juste être avec elle. C'était pas de l'amour, putain, l'amour n'existait plus dans le cycle. C'était simplement un vieux reste d'affection humaine, comme l'huile poisseuse incrustée dans sa pipe et qu'il finissait toujours par gratter. Samira c'était son soleil noir, celui qui brillait nuit et jour.

Il fouilla les alentours et l'aperçut allongée sur le flanc, visiblement en plein trip. Elle avait le visage incroyablement lisse pour une toxico de son calibre. Sa bouche sèche à force d'avoir tété la mort et ses joues creuses trahissaient tout le merdier qui coulait dans ses veines. Elle avait les yeux mi-clos et semblait dormir paisiblement. Momo se coucha à côté d'elle et la prit dans ses bras. Ils avaient bien le temps de rester un peu là avant de rejoindre la voiture. Juste quelques instants de tranquillité dans cet enfer qu'était leur vie.

20

Le soleil n'en finissait pas de se coucher, étirant les journées jusqu'au milieu de la nuit. Rhonda avait quitté le bureau déjà bien trop tard, mais elle n'arrivait pas à se décider à rentrer chez elle. Retrouver l'étuve de son appartement niché sous les toits. Vivre à moitié nue au rythme des ventilateurs et sous le regard omniprésent des voisins. La promiscuité parisienne lui pesait rarement, mais cette foutue canicule commençait à lui taper sur les nerfs. Et puis il y avait Wookie qui l'attendait, sans doute posté à la fenêtre qu'elle avait laissée ouverte pour lui donner un peu d'air. La simple idée de le retrouver lui replantait dans les yeux l'image de cette femme flottant dans la piscine. Elle avait peut-être déconné en récupérant ce chat. En tout cas c'était difficile de vivre avec le fantôme de sa maîtresse.

Alors plutôt que de se diriger vers la place Clichy, elle s'était engouffrée dans le métro pour rejoindre le quartier de la porte de Pantin. Il y avait là une immense résidence en briques rouges composée de plusieurs barres disposées en T et encadrée de petits jardins. C'est dans ce coin extrêmement restructuré depuis le développement du parc de la Villette qu'habitait José Mendez. Elle avait traversé le boulevard Sérurier et s'était faufilée derrière une ado pour pénétrer à l'intérieur de la grande cour arborée de la résidence. Avec la silhouette des tilleuls se détachant sur un ciel orangé, elle eut soudain l'impression d'être loin de l'asphalte étouffant. Que sa campagne lui manquait ! Depuis quand n'était-elle pas retournée se mettre au vert dans sa Normandie natale ? Avec son arrivée à Paris et ses débuts à la Crim, ses séjours dans sa famille se comptaient sur les doigts de la main. Combien de temps pensait-elle encore pouvoir vivre avec pour seul horizon le bitume des rues parisiennes et les toits en zinc ? Ce foutu métier la passionnait au point de phagocyter chaque millimètre de son cortex. Mais on ne vivait pas que pour bosser. Elle avait beau être une battante, une guerrière, elle finirait par se lasser, par baisser les bras devant l'ampleur du travail à accomplir, la somme d'énergie nécessaire pour se débattre dans toute cette merde. Non, on ne pouvait pas vivre uniquement pour son boulot, même si c'était une passion, même si c'était une raison de vivre. Elle savait qu'un jour elle allait se réveiller et putain… la chute serait vertigineuse.

Des rires d'enfants dissipèrent ses idées noires

et elle leva la tête vers une petite bande de gamins jouant à se tirer dessus avec des Nerf en plastique, planqués entre les buissons. Ils devaient avoir huit ou neuf ans, ils portaient des culottes courtes et des tee-shirts débraillés. Ils s'amusaient comme des fous aux dernières lueurs de la journée. L'été c'était sûrement pour eux l'occasion de gratter quelques heures de rigolade supplémentaires.

— Damien, tu rentres ! hurla une voix familière.

C'était José Mendez, il était sorti chercher son gamin qui appartenait à la petite bande. Un brun longiligne armé d'une sorte d'arbalète orange fluo se glissa hors d'un buisson de roses et quitta le groupe en rechignant.

— Combien de fois je vous ai dit de ne pas jouer là-bas ! Pas dans les roses, bordel !

Son père lui fit un signe de la main et le gamin se dirigea vers l'une des entrées d'immeuble – il y en avait une bonne dizaine. Après avoir vérifié que sa progéniture rentrait au bercail, José leva la tête et aperçut Rhonda qui le fixait. Il parut hésiter puis se décida à la rejoindre d'un pas rapide.

— Il y a un problème ? demanda-t-il avec un peu de crainte dans la voix.

— Pourquoi ? Il est censé y en avoir un ? répondit Rhonda pour le titiller.

— Non… mais vous êtes là… vous veniez me voir… chez moi ?

— Je me baladais… Mais vous avez raison y a un petit problème.

Son visage se décomposa et elle aurait pu parier qu'il grelottait malgré la température.

— Vous l'avez bien connue, Clara…

— Mais je vous l'ai dit dans vos locaux, lança-t-il en jetant un coup d'œil vers l'entrée de l'immeuble. Oui ! C'était ma maîtresse ! Mais c'est tout…

— Et vous n'avez pas remarqué qu'elle allait mal ?

— Si… je vous l'ai dit aussi ! Des fois elle était un peu déprimée, mais… on ne se voyait pas tant que ça.

— Déprimée à cause de quoi ? À cause de vous ?

— Pourquoi vous me harcelez comme ça, bordel ?

— Ça pourrait être bien pire, Mendez. Je pourrais convoquer votre femme pour vérifier votre alibi. Je pourrais checker tout ça avec la directrice d'école de vos enfants. Détailler chaque sortie, chaque déplacement… je pourrais disséquer votre foutue vie. L'étaler partout. Vous comprenez ?

Il y eut un long silence et José Mendez parut devenir transparent au point de disparaître. Rhonda sentait la rage monter, mais il fallait qu'elle se calme, si elle allait trop loin elle ne parviendrait pas à ses fins.

— Mais je ne vais pas sortir la grosse artillerie… pas tout de suite. Pas si vous me dites la vérité.

— Je… je ne sais pas quoi vous dire… je n'y peux rien si elle s'est suicidée. Je n'y suis pour rien.

— Et vous ne lui avez jamais mis la pression ?

Vous ne l'avez jamais menacée ? Frappée peut-être ?

— Mais non, putain ! Non ! Je ne pourrais jamais faire ça à une femme !

Rhonda sentait qu'il mentait. Toutes ses tripes de flic lui hurlaient qu'il cachait quelque chose, quelque chose de précieux.

Il y eut un bruit de porte et la tête brune du gamin apparut dans l'entrée de l'immeuble.

— Papa, on rentre ou je peux retourner jouer ?

— On rentre ! hurla José comme une supplication.

Rhonda le fixa dans les yeux avec un regard dont il n'était pas près d'oublier les flammes. On aurait pu brûler Jeanne d'Arc dans ce foutu brasier.

— On se reverra, dit-elle en lui tournant le dos pour quitter la résidence.

21

— Putain, t'es vraiment trop conne !

Les mots avaient résonné entre les lattes du parquet comme un coup de canon dans la montagne. Ara était tétanisée, debout face au plan de travail de sa cuisine. Des semaines qu'elle les entendait se disputer, et à chaque fois la même sensation de froid se saisissait d'elle malgré la canicule. Cela n'avait rien à voir avec la peur, cette vieille amie qu'elle avait appris à dompter pendant la guerre. Non, c'était la mémoire des mots et des coups, celle des nuits sans sommeil à espérer simplement que ses fils puissent voir un jour nouveau. Cette mémoire-là ne s'en va jamais, on n'apprend pas à vivre avec, on la subit toute sa vie. Et une simple phrase, une simple intonation suffit à la faire resurgir, à nous transporter des années en arrière au milieu de l'horreur.

Elle s'était retournée vers son frigidaire et y avait pris un plat rempli de petites galettes à la pistache confectionnées le jour même. Elle l'avait emballé dans un sac plastique avant de se diriger vers l'entrée de son appartement. Une fois sur le palier, elle s'était penchée à la rambarde en bois pour voir la silhouette d'un homme claquer la porte et dévaler les escaliers d'un pas rapide. Bon débarras ! Il serait plus facile de nouer contact sans le mari. Ara descendit les marches précautionneusement – pas le moment de se casser une patte –, avant de frapper à la porte de ses voisins. Personne ne répondit pendant plusieurs minutes et elle sentit l'angoisse monter. Et si la pauvre était là, étendue sur le sol, noyée dans son propre sang ? Cette image en appela une autre et elle se vit le corps couvert d'hématomes après une des colères que piquait son ex-mari. Mais un bruit sourd la fit revenir à elle et la porte s'ouvrit lentement pour laisser apparaître le visage d'une femme. Elle devait avoir la trentaine, des cheveux blonds et lisses, un nez délicat et de jolies joues bien rebondies. Ses yeux bruns avaient quelque chose de morne, comme une marque silencieuse de résignation à son destin, et cette idée donna le frisson à Ara.

— Je peux vous aider ?

— Je suis votre voisine du dessus…

— Vous êtes là à cause du bruit ? dit la femme avec un air gêné.

— Le bruit ? Pas du tout ! Je suis un peu sourde, vous savez… Non, je suis là pour les gâteaux. (Et elle lui tendit le plat.) C'est moi qui les ai faits. C'est une spécialité de mon pays.

La jeune femme hésita quelques secondes puis

élargit l'ouverture de la porte et lui fit signe d'entrer.

— C'est gentil. On ne s'était jamais croisées encore ?

— Non, mais à mon âge on ne sort plus trop de chez soi… ça me prend la journée de descendre ces escaliers.

Un mensonge utile.

Ara pénétra dans un trois-pièces assez semblable au sien. Au milieu du salon, elle pouvait apercevoir une table à repasser et un fer encore branché à sa prise. Tout semblait impeccablement rangé si ce n'est une pile de vêtements s'étalant sur le sol comme si quelqu'un les avait balayés d'un revers de la main. Inutile de se demander qui ça pouvait être.

— Vous voulez boire quelque chose ? demanda la femme d'une voix plutôt hésitante.

— Non, je vois que vous êtes occupée.

— J'allais faire un peu de ménage…

— Oui, il y a eu une tempête ici ?

Et Ara se sentit désolée d'avoir embarrassé cette pauvre femme déjà suffisamment accablée par ses soucis.

— Non, ce n'est rien…, répondit-elle.

Les pleurs d'une enfant s'échappèrent de la chambre du fond et la jeune femme se retourna d'un coup, visiblement inquiète.

— Vous avez une petite fille ?

— Oui…

— Quel âge a-t-elle ?

— Quatre ans…

Ara sentit son cœur se contracter. La vie rendait parfois difficiles les relations. On pouvait s'aimer ou se détester, on pouvait faire l'amour ou se dire des horreurs, parfois même avec violence. Chacun prenait ses responsabilités, chacun pouvait se battre pour être heureux. Mais qu'en était-il des enfants ? Ils n'avaient aucun moyen de se défendre, ils étaient tributaires, pris en otage par les adultes, et c'étaient souvent eux qui payaient le prix des erreurs de leurs parents. Et pour toute leur vie…

— Elle va adorer les gâteaux. Je faisais les mêmes à mes fils.

— C'est vraiment gentil, dit la femme en ébauchant un sourire.

Les cris se calmèrent et une petite voix appela un timide « maman » à l'autre bout de l'appartement.

— Il faut que j'y aille.

— Oh oui ! Elle vous aime cette enfant, dit Ara en lui prenant les mains. Et écoutez-moi bien… Si vous avez besoin de quoi que ce soit, à n'importe quelle heure du jour ou de la nuit, je suis là… juste au-dessus de vous. QUOI QUE CE SOIT…

La jeune femme sembla surprise par le ton solennel de cette déclaration et des larmes lui montèrent aux yeux.

— Merci, dit-elle en serrant fort les mains de la vieille dame. Comment vous appelez-vous ?

— Ara… Je m'appelle Ara Khan.

22

Mardi 26 juillet 2018, 8 h 30. Tomar avait quitté son appartement de la porte de Vincennes pour rejoindre le Bastion en s'offrant une pointe de vitesse sur le périphérique. C'était à peu près la seule période de l'année durant laquelle on roulait correctement sur la rocade parisienne. Il savait par un de ses collègues motards que le radar de la Villette était en réfection, du coup aucun risque à mettre les gaz pour s'accorder un petit frisson et un peu d'air en ce début de matinée déjà bien plombé.

En poussant la porte du groupe 3, il trouva Francky qui sirotait son café en fixant l'écran de son ordinateur sur lequel défilait le journal continu de BFM TV. On y parlait d'incendie géant en Grèce – *avec 74 macchabées, putain, c'est plus un incendie, c'est un méchoui !* – et surtout, du feuilleton de l'été : l'affaire Benalla. Du ministre au préfet de police en passant par le directeur de l'ordre public et même le directeur de cabinet de Macron : tout le monde avait une tête de cul face aux micros des journalistes. Tout le monde cherchait à minimiser cette « dérive individuelle » qui avait amené un proche du président à tabasser des civils pendant les manifs du 1er Mai. Alors ouais, ça ramait pas mal pour justifier son salaire, son port d'arme, son grade bidon et sa tendance à se la jouer barbouze. Tomar n'en avait relativement rien à foutre, mais c'était comique de voir tous les tauliers se chier dessus pour ce mec sans envergure. « Un putain de grain de sable dans le système », commenta Francky avant de pousser un cri de satisfaction en voyant apparaître les montagnes des Pyrénées et le sujet sur le Tour de France qui se déroulait aujourd'hui à Bagnères-de-Luchon.

— Voilà, ça c'est du sport mon gars, grogna-t-il entre ses dents pendant que Tomar rejoignait son bureau, remarquant au passage que Rhonda était déjà là, silencieuse, l'air épuisé.

— T'as dormi ?

Elle leva la tête vers lui et les poches sous ses yeux répondirent à sa place. Tomar posa ses fesses dans son vieux fauteuil et pivota pour se retrouver face au panneau en liège sur lequel s'alignaient les visages de victimes punaisés consciencieusement. Il y avait sur son bureau un téléphone à l'ancienne qui servait de standard et gérait sa boîte vocale. Une petite lumière rouge sur le côté de l'appareil indiquait des appels en absence. Il décrocha le combiné et le porta à son oreille en composant le code du répondeur. Quelques minutes passèrent et son visage commença à se durcir alors que la voix affolée de José Mendez lui expliquait comment Rhonda était venue le voir à son domicile, comment elle l'avait menacé et comment il hésitait à porter plainte et à prendre un conseil juridique… Il soupira longuement en raccrochant et fixa son adjointe dont les yeux ne quittaient pas une pile de feuillets – sans doute les éléments saisis chez Clara Delattre. Il y eut un bruit sourd et Dino fit son entrée, arborant un magnifique tee-shirt Punisher et un treillis militaire un peu trop juste pour lui.

— Salut les filles ! lança-t-il avant de rejoindre son centre de commandement au milieu de la pièce et de se diriger vers la machine à expresso.

Tomar repoussa encore quelques secondes la discussion qui allait suivre, mais il n'avait pas le choix, il le savait.

— Dis donc t'es allée faire un tour à Pantin hier soir ?

Rhonda leva la tête de son bureau et eut l'air un peu surprise avant de se ressaisir.

— Pourquoi ?

— J'ai un message de José Mendez… Il hésite à porter plainte.

— Qu'il porte plainte.

Silence dans la pièce. Dino se dépêcha de rejoindre son bureau alors que Francky baissait le son de son journal TV, conscient qu'un orage était sur le point d'éclater.

— Il s'est passé quoi exactement ? interrogea Tomar en essayant de la ménager.

— Je suis allée le cuisiner. Je suis certaine qu'il cache quelque chose.

— Chez lui ?

— Dans la cour de son immeuble.

— En bas de chez lui, quoi.

— Ouais…

Tomar fixait cette fille qui était autant sa collègue que son amante. Il l'avait rarement vue aussi déterminée à résoudre une enquête et encore moins en utilisant l'intimidation.

— Tu peux pas faire ça, Rhonda… On risque de se retrouver avec une procédure à la con.

Tomar fut surpris par la vitesse à laquelle elle se leva de sa chaise et frappa des poings sur le bureau comme si elle explosait de l'intérieur.

— Putain, mais je rêve ou quoi ? C'est toi qui dis ça ? Tomar Khan, le spécialiste des méthodes foireuses et des dents cassées ? Réveillez-moi, là ?

À en juger par le visage de Dino et Francky dont la mâchoire était sur le point de se décrocher, on se serait cru dans un western en plein règlement de comptes. Tomar ne répondit rien, mais la regarda traverser la pièce vers lui, un feuillet à la main. Elle jeta sur son bureau une photo imprimée de Clara qu'elle avait dû prendre à l'IML.

— Tiens… pour ton tableau à la con. Ça serait pas mal de mettre cette pauvre fille sur la liste de nos affaires importantes. Je sais que personne n'en a rien à foutre dans ce bureau, mais moi je ne la laisserai pas tomber, putain.

Dino eut un sursaut comme s'il allait intervenir pour se dédouaner, mais il se ravisa et baissa les yeux vers ses écrans.

— Écoute… On n'en a pas rien à foutre contrairement à ce que tu crois… on…

— Arrête de te foutre de ma gueule, Tomar. Tu passes tes journées à l'extérieur à régler tes problèmes. Je te connais trop bien… Cette affaire, c'est pas ta priorité en ce moment. Alors je fais le boulot, seule ! Et le jour où vous aurez envie de m'aider, faites-moi signe les mecs. Mais en attendant, arrêtez de me casser les couilles et essayez de retrouver les vôtres !

Et elle se retourna pour quitter le bureau en claquant la porte. Il y eut un long silence d'église que Francky se décida à briser.

— Eh bah putain, moi qui suis pour la paix des ménages…, dit-il d'une voix grave.

23

L'explosion de Rhonda était encore toute fraîche dans la tête de Tomar et il se retrouvait à siroter son café avec Francky dans l'« espace convivial » du RDC. Grande salle carrelée de blanc avec quelques distributeurs de boissons et de bouffe énergisantes et une baie vitrée donnant sur le patio intérieur du Bastion. C'est là que les collègues se donnaient rendez-vous le matin autour d'un gobelet en plastique, la nuit ça se passait plus au bureau de permanence propre à chaque service. On y croisait des gars de tous les étages et ce n'était clairement pas le meilleur endroit pour avoir une conversation privée, vu qu'il y avait toujours une oreille qui traînait quelque part. Mais Tomar s'en foutait royalement. Rhonda lui avait rappelé une triste réalité. Il était une fois de plus rattrapé par son passé et perdait trop d'énergie à régler ses problèmes pour se consacrer efficacement à son boulot. Mais avec le dossier Belko et l'enquête qu'il avait sur le dos, il se tenait en équilibre au-dessus d'un gouffre qui risquait bien de l'engloutir définitivement. Le moindre faux pas et c'en était fini de sa carrière. Ovidie Metzger avait le moyen de faire exploser les murs du labyrinthe et de libérer la bête, ce qu'il redoutait par-dessus tout.

— Bordel, je dérouille, lâcha Francky en portant la main à l'estomac.

Habituellement Tomar l'aurait charrié, mais il n'avait pas la tête à ça.

— Faut que je te dise un truc, continua Francky en grimaçant. Vous risquez de pas trop me voir à la fin de l'année… pendant un mois ou deux.

— Qu'est-ce qui t'arrive ?

— J'ai rencart avec un chirurgien en août pour planifier tout ça… je vais me faire opérer de cette merde. J'en peux plus.

— Mais t'as pas des médocs pour te soigner ?

— Si… mais ça part pas… Ils se demandent si y a pas autre chose. Va falloir aller voir.

— Tu parles de quoi, là ? Un cancer ?

— Ouais… ça pourrait expliquer que j'arrive pas à m'en débarrasser. Alors bon, je vais pas y couper cette fois.

Tomar ne répondit rien. Il connaissait Francky depuis presque quinze ans, c'était son plus vieux pote dans la police. Et il savait à quel point l'univers médical le rebutait.

— J'ai les jetons, Tomar… J'en dors plus la nuit de cette saloperie, mais c'est plus la douleur qui me réveille. C'est la peur…

— Ça va bien se passer, t'es un dur à cuire et on en a vu d'autres.

— Oh oui c'est sûr.

Ils échangèrent un regard de complicité et Francky avala d'un coup son gobelet de café.

— Et arrête de boire cette merde.

— Tu veux que je prenne quoi ? De la tisane ? Bon… le dossier Delattre, là. On fait quoi ? Parce que Rhonda a pas forcément tort. Peut-être que le mec a encore du biscuit à nous lâcher.

— Peut-être… On a quoi d'autre ?

— T'as lu le dossier, que dalle… Le seul truc qui interpelle c'est le shoot aux anticoagulants, plutôt technique comme geste… et fallait avoir le médoc.

— Et cette histoire de blessure à la main ?

— Un vieux truc. On n'a pas fouillé.

— Quand tu te fous en l'air, c'est pas forcément lié à ton actualité récente… pas seulement en tout cas.

— Ouais, ouais, ouais… les racines, l'arbre, tout ça, je connais la rengaine. Je vais demander à Dino de creuser de ce côté-là. Mais ça va être galère parce que d'après le légiste ça date.

— Je sais, mais on n'a rien d'autre. Et puis de toute façon elle s'occupe de Mendez, donc autant aller chercher ailleurs.

— Ouais, ça c'est clair, elle s'en occupe ! Sinon Rhonda et toi… ça va ?

Tomar fut étonné par cette question. Ils avaient l'habitude de discuter tous les deux, aussi bien de boulot que de choses de la vie. Francky était intarissable sur sa passion du modélisme qui lui prenait le peu d'heures constituant ce qu'on pouvait appeler sa vie privée. Mais les filles ce n'était vraiment pas un sujet commun. Déjà parce que Francky avait fait une croix dessus – hormis une ou deux aventures hasardeuses de temps en temps –, mais aussi parce qu'il savait que Tomar n'aimait pas trop aborder la question.

— J'imagine que oui, mais j'ai pas de preuves, répondit Tomar en toute sincérité.

Francky sourit et n'insista pas. Ils jetèrent leurs gobelets dans la poubelle avant d'emprunter le couloir qui longeait le patio pour rejoindre le hall d'entrée du Bastion. Le boulot, voilà ce qu'il leur fallait pour avancer et éviter les sujets qui fâchent. Le boulot encore et encore. Et puis, le téléphone portable de Tomar vibra dans sa poche. Il se mit à l'écart pour répondre et Berthier lui annonça d'une voix grave qu'il avait trente minutes pour pointer ses fesses…

24

Encore une putain de journée ensoleillée à s'en cramer les neurones. La carlingue de la vieille 106 Kid servant d'hôtel quatre étoiles à Momo était chauffée à blanc. *J'pourrais m'faire cuire un œuf dessus sans* soucy *!* se dit-il en fouillant sous la banquette arrière pour trouver sa cache à galettes.

17 heures, les gamins des écoles alentour avaient eu le temps de se faire traîner par leurs nounous jusqu'à leurs nids douillets. Momo détestait dealer au milieu des têtes blondes. Ce coin du 18e arrondissement de Paname ressemblait de plus en plus à un décor à la Mad Max. Junkie Land comme l'appelaient les journaleux, c'était pas vraiment un exemple pour la jeunesse. Il avait grandi dans une famille nombreuse et le seul *number* que sa mémoire vérolée acceptait encore de retenir c'était celui de sa mère. *Maman je t'aime*, se dit-il à lui-même en embrassant le pochon de crack qu'il venait enfin de retrouver. Maman… Elle avait raison sur toute la

ligne et il s'était bien planté avec cette vie de merde. Mais il n'allait pas griller les quelques années qui lui restaient dans l'automutilation. La culpabilité, ça vous rongeait aussi sûrement que le crack et sans aucun kif !

17 heures donc… Il allait falloir rejoindre la colline derrière la place de la porte de la Chapelle. Entre l'autoroute et le périph, y avait une sorte d'espace vert – *couleur gerbe* – où se dressaient quelques cahutes bricolées avec des palettes. Dans chaque cahute y avait un « chef » avec sa cour de toxicos prêts à sucer des bites pour un kif gratos. Un des mecs, un abruti connu sous le nom de « Smirnoff » parce qu'il se la jouait russe alors que c'était juste un gros alcoolo fan de vodka, achetait pas mal de matos pour le refourguer sur la colline. Momo en avait fait un client régulier, car il était de notoriété publique que Smirnoff était une grosse balance et qu'il rencardait les flics des Stups. C'était comme ça dans leur monde… y avait deux moyens d'obtenir le respect parmi les crackers. Soit tu bossais pour les keufs et personne osait te casser les couilles ou te miner – c't'à dire te balancer en planquant des saloperies dans tes affaires. Soit t'étais un ancien comme Momo qui connaissait aussi bien les règles du territoire que de la rue. Les deux cohabitaient pas mal, sauf que les balances finissaient toujours par tomber. Que ce soient les grossistes des cités ou les keufs eux-mêmes, y avait toujours une vérité qui les rat-

trapait et leur faisait payer toute leur mytho et leurs petites arnaques.

Smirnoff c'était pas un mauvais bougre, juste un ancien cloche tourné toxico qui avait un instinct de survie encore intact et pas mal de contacts dans la rue. Récemment, il s'envoyait une Ghanéenne qui l'avait converti au vaudou ou une connerie du genre. Elle lui avait fait acheter une poule bien blanche qu'il engraissait toute la journée. Plus sa poule était grosse, meilleur devenait son business, enfin c'est ce que ça gonzesse avait dû lui faire croire entre deux parties de jambes en l'air. Il l'aimait tellement cette poule que le mecton qui se risquerait à lui bouffer finirait sûrement découpé dans un taillis. L'idée avait vrillé la tête de Momo plusieurs fois, mais c'était le genre d'humour qui s'était perdu sur la colline et il valait mieux y renoncer direct. Il ne risquait pas grand-chose à vendre son matos à Smirnoff, car ses quantités n'intéressaient pas les flics, eux ils voulaient faire tomber du lourd pour impressionner leurs tauliers.

Bref, Momo devait se rendre dans la cabane de Smirnoff et il avait quitté le boulevard, traversé la place bondée de bagnoles et sauté par-dessus un plot en béton pour rejoindre le bas de la zone. Samira squattait dans le coin et elle avait l'air plutôt nette pour un début de soirée. Ils échangèrent un regard complice – bon Dieu qu'il aimait cette fille –, et il se dirigea le long de la pente en terre craquelée, zigzaguant entre les zombies en plein kif. L'estomac de

Momo commença à gargouiller et il se dit qu'il se ferait bien un petit encas. Un hiver, il s'était payé une gaufre au Nutella dans un bar-tabac du coin et ça lui avait rappelé comment la vie était douce quand il était mioche en Italie. À force de téter la pipe à crack, il avait perdu le goût de la bouffe et n'importe quelle merde faisait aussi bien l'affaire.

Le bureau de Smirnoff était pas loin et il apercevait la poule qui picorait la terre gardée par deux toxicos prêts à tuer pour que personne n'y touche. Mais il y avait aussi un truc qui lui fit immédiatement flasher la boîte à embrouilles. Deux mecs se tenaient au sommet de la colline, pas loin de la cahute. Y avait un vieux gars avec une barbichette grisonnante et une sale gueule bien burinée. L'autre, une sorte d'armoire à glace, avait des bras gros comme ses cuisses et des yeux sombres de salopard. Momo aurait mis sa main à couper que c'étaient des flics et qu'ils étaient venus relever les compteurs de ce pauvre Smirnoff. Pas vraiment étonnant vu qu'il était le père des balances, mais y avait quelque chose qui ne collait pas. Les keufs habituels étaient beaucoup plus à l'aise que ceux-là, limite on aurait pu croire qu'ils consommaient. Eux, ils avaient l'air de chercher quelqu'un et, qui que ce soit, ça sentait grave le roussi. Momo aperçut Smirnoff sortir de sa cahute, discuter avec le vieux et gratter son gros ventre qui dépassait du tee-shirt. Momo n'avait rien à craindre de la police, il avait toujours fait en sorte de rester hors de leur collimateur et lorsqu'il devait écouler trop de matos, il faisait des petits tas qu'il planquait à droite, à gauche. On la lui faisait pas après une vie de deal. C'est en voyant la grosse baudruche ruskoff pointer un doigt dans sa direction qu'il comprit qu'il fallait déguerpir au plus vite. Qui que soient ces deux connards, ils étaient là pour lui…

25

Mohamed Razzi, dit « Momo », c'était le nom du mec que Tomar et Berthier étaient venus chercher dans ce coin miteux du 18e arrondissement. Un gars inclassable d'après les potes de Marco officiant aux Stups. À la fois dealer et consommateur, il avait assez de jugeote pour éviter les plans trop foireux et passer entre les mailles du filet. Les flics l'aimaient bien et respectaient sa posture de « beau mec ». Ni balance, ni craignos, il se contentait d'essayer de survivre sur la colline en s'en tenant aux règles, ce qui n'était pas une mince affaire.

Sauf que Momo avait traîné au mauvais endroit au mauvais moment, c'est-à-dire pas loin de chez Antonin Belko, dans la plage horaire où on lui avait définitivement réglé son compte. Ça ne faisait pas de lui un suspect obligatoire, mais il fallait bien commencer quelque part et les caméras de surveillance l'avaient immortalisé en compagnie d'un autre gars dont l'identité peinait à sortir. Rien que pour ça une visite s'imposait, mais la colline du crack n'était pas ce qu'on appelait un havre de paix. Il y avait pas mal de chances que ça tourne au roussi, d'autant plus que Tomar enquêtait en sous-marin et préférait éviter la publicité. Ils avaient planqué leurs calibres dans le pantalon et s'étaient promis de ne les utiliser qu'en cas d'extrême urgence.

Après un rapide repérage à la jumelle depuis le périph, ils étaient venus à pied pour questionner leur contact, un indic des Stups classé « instable ». Tomar avait tracé la route au milieu des zombies – affolant de voir comment la « drogue du pauvre » vous minait la tête. Il s'était étonné du nombre de gens âgés qu'il croisait. Le crack n'était pas réservé aux gamins, loin de là. Dans une baraque pourrie, ils avaient fait la rencontre de Smirnoff. La quarantaine bedonnante, une peau rouge grillée par le mélange alcool-soleil-came, Tomar n'aurait pas voulu assister à son autopsie. Il s'était installé une sorte de bureau avec une planche et des tréteaux et siégeait comme un énarque en carton vautré dans un vieux fauteuil de récup. Il avait le visage long et des yeux bleus tellement ronds qu'on aurait dit deux balles de ping-pong. Tomar eut l'impression de ne jamais le voir fermer les paupières, sans doute un effet secondaire de la merde qu'il s'envoyait par tous les pores de sa peau.

— Momo, j'le connais bien ! avait-il balancé d'office. C'est un vrai camarade, Momo… un vrai de vrai.

Berthier l'observait avec une mine de tueur à gages. Il n'aimait pas trop ce genre de personnage.

— Il est où ? grinça-t-il entre ses dents.

— Ohhh, il doit squatter dans une épave quelque part. Mais pourquoi vous voulez le voir ?

— C'est pas tes oignons.

Habituellement le mentor de Tomar n'était pas forcément d'une douceur printanière, mais ça tournait à l'orage quand on le mettait en présence de dealers. Il avait vu trop de gamins gâcher leur vie à cause de ce genre de types.

— Bah, je me renseigne… Pour faire du bon business, faut tout savoir. C'est un flic qui m'a appris ça, répondit Smirnoff visiblement fier de lui.

— Si tu veux le garder, ton business, faut que tu nous balances sa planque tout de suite, enchaîna Marco.

— Ouais, sauf que moi j'vous connais pas… Vous êtes nouveaux dans la maison ? Parce que personne m'a parlé de vous.

— Et c'est très bien comme ça. On n'est pas au guichet de la poste là, on va pas te sortir nos cartes d'identité… On peut juste te montrer ça…

Et Berthier avait tiré un pan de sa veste pour que Smirnoff voie bien la crosse du Glock qu'il portait à la ceinture. Ses yeux ronds avaient tourné sur leurs orbites et il s'était levé en changeant de ton.

— Bien sûr, camarades, Smirnoff va vous aider.

Le coup du flingue c'était un peu ringard, mais ça marchait la plupart du temps. Surtout avec des mecs pas habitués aux grosses embrouilles et qui n'avaient pas forcément le goût du sang.

Smirnoff les avait menés à l'extérieur et, après quelques palabres sur la difficulté de son business sous cette canicule, il avait pointé le doigt vers un mec qui grimpait la colline. Effet immédiat, le mec avait fait volte-face et s'était mis à détaler comme un lièvre en sens inverse. Tomar l'avait aussitôt tracé en filant au passage un coup de pompe dans une improbable poule qui avait eu la mauvaise idée de venir lui picorer les mollets. C'était un peu surréaliste de se retrouver en pleine course au milieu de zombies lançant des mots incompréhensibles sur son passage. Une fois la colline dévalée, Tomar avait récupéré un bon visuel sur sa cible. Le gars devait avoir la quarantaine, il était sec comme une trique et portait des vêtements plutôt propres pour le quartier. Il avait beau tricoter des jambes de toutes ses forces, Tomar le rattrapait aussi facilement que s'il se trouvait sur un tapis roulant inversé. Est-ce que c'était un effet du crack ? Tomar n'avait jamais vu un mec courir au ralenti jusqu'à aujourd'hui.

— Arrête-toi ! hurla-t-il en arrivant à quelques mètres de lui.

Le fugitif se figea instantanément et se retourna vers Tomar, le visage en sueur.

— Putain, j'suis au bout de ma vie, fais trop auch, vociféra-t-il en s'épongeant le front.

— Mets tes mains en l'air… et bouge pas.

— J'ai pas envie de bouger, mec, je suis cuit.

Momo s'assit sur le bitume pour récupérer alors que Tomar se tenait à distance, redoutant qu'il sorte une lame ou un truc du genre. Pendant qu'il reprenait son souffle, Berthier les rejoignit à petites foulées.

— Mohamed Razzi, c'est toi ?

— Ouais c'est moi… Qu'est-ce que vous me voulez ?

— Tu te balades souvent dans le 16e arrondissement ?

— Ouais, j'ai un deux cents mètres carrés rue de Passy. J'vais arroser les plantes une fois par semaine.

Berthier soupira un grand coup comme si tout ça commençait à le gaver sévèrement.

— OK alors écoute bien… J'ai des images où t'es avec un autre mec dans le secteur. Tu fais quoi là-bas, tu deales ?

— J'deale que dalle ! T'as déjà vu des crackers dans le 16e ? Les bourges viennent ici pour pécho. Et puis moi d'façon j'deale pas, j'consomme.

— On sait, on sait… On n'est pas là pour ça. C'était qui l'autre mec ?

— J'sais pas de qui vous parlez.

— Plutôt grand, baraqué, avec des cheveux très blonds, genre peroxydés.

— Une tapette quoi. J'traîne pas avec des tapettes.

D'un geste rapide, Berthier avait saisi Momo par le col de son tee-shirt et l'avait décollé du sol comme un brin de paille.

— Écoute-moi bien, connard, soit tu me dis ce que tu sais, soit je te grille partout et tu vas finir avec une seringue bien chargée plantée dans les veines.

Il y eut un échange de regards et le toxico sembla convaincu que Marco ne blaguait pas. D'ailleurs il ne blaguait pas.

— Votre mec c'est Ranko… du lourd… lui, il refourgue pas, c'est le grossiste.

— Qu'est-ce que tu traînais avec lui là-bas ?

— J'l'accompagnais pour rendre un service à la Crevette.

— La crevette ?

— Un gars qui me fournit pas mal de galettes bon marché. Un mec du Val-de-Marne. Ranko faisait du repérage et il connaissait pas le quartier. Moi j'ai traîné avec les cloches de la ligne 6… ils connaissent.

— Et alors ? Il repérait quoi ?

— J'en sais rien moi, j'te jure ! j'ai juste entendu parler d'un gars… genre important. Il avait un deal à faire… Moi j'étais juste là pour accompagner et faire la chouffe.

— Et t'as chouffé où exactement ?

— En bas d'un immeuble plutôt classe… genre haussmannien.

Berthier avait lancé un regard à Tomar. Antonin Belko habitait ce « genre d'immeuble », mais il y en avait des dizaines dans le quartier.

— OK, il s'est rien passé de bizarre ?

— Non, j'en sais rien…

— Il était comment Ranko en sortant ?

— *Speed*… on n'a pas traîné.

— Et tu l'as revu ?

— Non ! C'est la Crevette qui le connaît… moi zéro !

— Va falloir qu'on lui parle à ce Ranko, avait conclu Berthier en relâchant son étreinte.

— C'est pas possible, ça… Personne peut l'approcher ce mec. On sait même pas où il crèche.

— La Crevette… elle doit savoir.

— Mais même… ce genre de gars il a une forteresse.

— Ça, on s'en charge. Ton boulot à toi c'est de nous dire où… t'as pigé ?

Momo les avait regardés avec un air perdu. On pouvait presque lire la complexité des hypothèses qui devaient lui parcourir les synapses à cet instant.

— J'ai pas le choix de toute façon.

— T'es moins con que t'en as l'air. Et t'avise pas d'essayer de disparaître… mon pote et moi on te retrouvera.

Et ils avaient laissé leur nouveau partenaire reprendre ses esprits pour quitter le périmètre de la colline. Pas besoin de se faire plus remarquer.

— Dis donc, gamin, t'as quelque chose contre les animaux ? avait questionné Berthier tout bas.

— De quoi tu parles ?

— Sa poule à la con… Je crois bien que tu lui as pété le cou.

26

La petite quarantaine, un visage fin, les cheveux grisonnants, un joli sourire avec un regard un peu triste, la photo découverte dans l'appartement de Clara était épinglée pile au milieu du tableau de Tomar. Rhonda s'en était chargée quelques heures plus tôt lorsque Dino lui avait collé une identité : André Dussailli, chirurgien orthopédiste spécialiste de la main résidant à Paris 11e. Tomar avait réapparu en milieu de matinée, l'air préoccupé.

— Donc ce mec l'a opérée le 13 janvier 2017 pour une fracture du poignet gauche, expliqua Dino tout en avalant une tasse de café bien brûlant.

— Ça correspond aux cicatrices dont nous a parlé le légiste, commenta Francky. Niveau dates on est pas mal non plus.

— Ouais et elle est repassée sur le billard en décembre pour retirer une plaque et des broches… c'est dans son dossier de suivi médical. Procédure habituelle avec quelques rendez-vous de contrôle derrière.

— Et tu l'as trouvée où exactement cette photo ? interrogea Tomar avec l'espoir de voir une lumière amicale s'allumer dans les yeux de sa partenaire.

— Dans un livre, ça lui servait de marque-page. C'est visiblement un selfie qu'elle a imprimé, répondit Rhonda d'un ton neutre.

— C'est pas courant quand même d'avoir la tronche de son chirurgien à son chevet. Moi ça me ferait flipper !

Pas courant oui. Dino avait raison et ce nouvel élément piquait la curiosité de Tomar. D'un autre côté, il ne disait pas grand-chose de plus sur Clara Delattre sinon qu'elle avait l'air accro de ce type.

— Dino, t'as trouvé des trucs sur lui ?

— Il bosse dans le privé à la clinique du Mont-Hugo, Paris 18. Bon salaire, fiche d'imposition qu'on aimerait avoir. Divorcé et père d'un fiston qui, d'après les réseaux sociaux, fait de chouettes études à Oxford, adore la bière et les filles plutôt blondes.

— C'est bien pour lui…

— Ouais… En tout cas rien de particulier à cette étape. Mais Dussailli est sur Paris que depuis deux ans, avant il était basé dans le Sud. Je vais me renseigner…

— OK… donc on a un chirurgien beau gosse qui opère notre victime en 2017 et la revoit en 2018 pour les suites de son opération… Elle conserve sa photo dans un livre, ce qui laisse supposer quoi ? interrogea Tomar.

— Bah y a pas trente-six solutions… Soit ils ont eu une relation, mais j'ai aucun élément qui le prouve, soit elle l'aimait bien et basta. Dans tous les cas on n'a pas grand-chose à en tirer d'après moi.

Rhonda restait étrangement silencieuse étant donné son implication dans l'enquête. Tomar se tourna vers elle.

— T'en penses quoi ? C'est toi qui as la meilleure analyse de l'affaire pour l'instant. (Petit compliment qui fit son effet lorsqu'elle leva enfin la tête pour lui accorder son attention.)

— J'en pense que c'est une autre piste potentielle. Cette fille ne s'est pas tranché les veines pour rien, j'en suis convaincue. Moi je mise sur Mendez parce qu'on a la preuve de leur relation, du fait qu'il la harcelait au téléphone et que je sens qu'il nous cache un truc…

— OK… je te propose de faire ça : tu continues à fouiller la piste Mendez et nous on fonce sur le beau chirurgien.

— On pourrait aussi bosser sur un autre dossier, dit Francky avant de se raviser en voyant les éclairs qui sortaient des yeux de Rhonda. J'déconnais, hein !

Rhonda hocha la tête et eut un petit sourire que Tomar prit pour une victoire. Merde qu'il aimait cette fille. Et il s'en voulait de ne jamais trouver le moindre espace pour le lui dire correctement. Ils n'avaient jamais envisagé de vivre ensemble tous les deux – trop compliqué avec leur métier et tout le reste –, mais il savait pourtant à quel point le fait de la sentir auprès de lui était important. L'affaire Belko avait créé un fossé qui les séparait et il y avait fort à parier que son obstination à la résoudre tenait plus de l'amour qu'il portait à Rhonda que du reste. Lui mentir c'était la perdre. La vérité c'est tout ce qui comptait entre eux.

— Sa fracture au poignet, elle a dû se la faire à l'escalade, dit-elle. Faudrait vérifier avec son club, mais les dates peuvent correspondre.

— Merci ma belle, dit Dino, sentant lui aussi que la tension était tombée.

Francky leva les yeux de son ordinateur pour regarder Tomar. Simple instant de complicité dans le groupe 3. Ils étaient à nouveau ensemble, une famille réunie autour d'un corps qui méritait qu'on ne l'oublie pas. Et Tomar savait que désormais, la vérité ne pourrait pas leur échapper bien longtemps.

27

On était au resto, et je le regardais me dévisager avec des yeux exorbités. J'essayais de comprendre ce qui pouvait se passer dans sa tête, quelle histoire incroyable il allait encore inventer pour me faire souffrir. Il m'a saisi le poignet et l'a serré très fort en me disant : « Tu crois que je ne vois pas ton petit jeu, salope. Arrête de regarder ce mec. » Il n'y avait pas de mec dans la salle. J'ai compris qu'il était fou. Qu'il fallait que je trouve un moyen de me sortir de son emprise…

Sentiment mitigé. Tomar faisait des efforts pour gagner sa confiance. En même temps elle espérait que ce n'était pas simplement une manœuvre pour la ménager. « T'en demandes beaucoup trop, ma fille. » Cette remarque, combien de fois l'avait-elle entendue de la bouche de son père. Ça lui rappelait ses années de jeunesse à Caen où elle avait grandi dans une famille plutôt particulière. Son papa, militaire de carrière, partageait son temps entre ses responsabilités au centre de recrutement de la Marine nationale et ses opérations en mer. Autant dire qu'elle le voyait peu et qu'il avait porté une attention très relative à ses états d'âme et à ses débordements émotionnels. Car Rhonda avait toujours eu du mal à gérer ses émotions et ça avait commencé dès les bancs du CP, où son comportement « tête en l'air » et agité lui avait valu d'être immédiatement cataloguée « enfant difficile ». C'est comme ça dans notre société, quand on ne rentre pas dans la norme, on est exclu du système. Il n'y a aucune place pour les gens différents : pas le temps, pas les moyens, pas les effectifs. Alors les retards s'étaient accumulés jusqu'à l'échec scolaire. À son entrée au collège, Rhonda était parfaitement dans son rôle de mauvaise élève insolente. Ce qu'ils n'avaient jamais compris, c'est que son attitude n'avait rien d'insolent, elle n'avait juste pas les bons codes.

Et puis quelque chose s'était passé au fond d'elle, quelque chose qui ressemblait à une crise mystique, et Rhonda avait décidé de leur montrer de quoi elle était capable. Puisque personne ne l'aiderait à s'en sortir, ni ses parents ni ses profs, elle alimenterait elle-même le feu qui brûlait désormais dans ses entrailles. Elle s'était mise à lire, à bûcher comme une malade et ses résultats scolaires avaient changé de cap. Tout le monde s'était félicité de cette gamine qui « prenait enfin un peu de plomb dans la tête », mais ils n'avaient pas vu le volcan qu'elle avait réveillé pour survivre.

Son caractère aussi s'était modifié, la petite fille plutôt timide et introvertie s'était transformée en une jeune femme avide de découvrir la vie et elle avait multiplié les expériences – jusqu'aux plus extrêmes – pour tester ses limites. Son départ pour Paris et l'école de police lui avait donné l'occasion de satisfaire papa – policier, un métier d'engagement ! – mais surtout de quitter définitivement l'enfant stigmatisée qu'elle avait été. Elle s'était fondue dans la masse de ce corps professionnel et y avait trouvé la chaleur qui lui manquait.

T'en demandes beaucoup trop, ma fille. Oui, désormais elle était devenue élitiste et attendait que les autres soient aussi sincères qu'elle pouvait l'être. Contrairement à Tomar qui passait son temps à essayer de comprendre les déficiences de l'âme humaine, elle ne pardonnait pas et elle exigeait un engagement à la hauteur du sien. Était-ce sa manière de prendre une revanche sur le mal qu'on lui avait fait ? Sûrement. Elle avait pourtant concédé d'immenses efforts pour ce mec qui continuait à lui cacher des choses pour lutter contre ses démons. Elle s'était souvent sentie comme une bouée de sauvetage, indispensable en cas de tempête mais oubliée de tous par temps calme. Cette analogie aurait fait sourire son père.

Lorsque son téléphone portable se mit à sonner, elle se trouvait sur un banc du parc Martin-Luther-King, à deux pas du Bastion. De longues allées pavées de pierre grise entrecoupées par des zones gazonnées et entourées d'immeubles et de grues. Tout le quartier était en construction, et il y avait peu d'endroits pour accrocher son regard sur quelque chose de beau. Elle attendit quelques secondes avant de répondre, quoi que ce soit ça pouvait patienter.

— Allô…

— Lieutenant Lamarck ?

— C'est moi oui, bonjour…

— Bonjour… on s'est vus à la piscine Pailleron. Je suis Cyril Bastien.

Rhonda se remémora l'équipe de maîtres-nageurs. C'était le gars le plus âgé, celui qui lui avait fait bonne impression.

— Bonjour, monsieur Bastien, je peux vous aider ?

— … Écoutez, j'ai quelque chose à vous dire… C'est peut-être rien mais… je voulais savoir si mon témoignage pouvait rester anonyme.

— Oui c'est possible. En tout cas pour l'instant.

— Pour l'instant ? C'est-à-dire ?

— Ça dépend de l'importance de ce que vous allez me dire.

— Je comprends…

Il y eut un long moment d'hésitation et Rhonda se mordit les lèvres, redoutant d'avoir été trop directe.

S'il se ravisait et raccrochait là tout de suite, elle risquait de perdre une information capitale.

— Alors voilà… y a peut-être un mois, en tout cas c'était en juin, j'ai entendu un truc. Je passais la serpillière dans le vestiaire et j'ai vu José avec… euh… la victime.

— Clara Delattre.

— C'est ça… Ils se disputaient… assez violemment. Visiblement il n'avait pas l'air d'apprécier ce qu'elle lui disait et à un moment, il s'est retourné et il a frappé du poing sur un casier. Mais vraiment fort, je ne l'avais jamais vu en rage comme ça.

— Quelle a été la réaction de Clara ?

— Elle a eu peur, je crois, elle est partie… voilà c'est tout. Normalement je ne vous en aurais pas parlé mais étant donné ce qui s'est passé… et puis José c'est un mec gentil, je ne l'ai jamais vu péter les plombs comme ça. Jamais.

— Vous êtes sûr que c'était en juin ?

— Oui… j'en suis sûr parce qu'il venait tout juste de revenir d'arrêt maladie après son opération.

— Une opération de quoi ?

— Une varice, je crois… rien de grave. Il s'était arrêté une semaine.

Rhonda trépignait de joie intérieurement. Une simple engueulade dans les vestiaires ne signifiait pas grand-chose mais elle sentait qu'il y avait quelque chose d'important dans ce témoignage, sans pouvoir encore définir exactement quoi.

— Merci pour votre aide, ça va être utile.

Elle raccrocha et se leva d'un bond avant de se diriger vers le bureau d'un pas déterminé. Elle avait du boulot à abattre, une tonne d'énergie et, cette fois, elle savait qu'elle le tenait.

28

Droite, gauche, décale et gauche… Tomar tentait de fixer son adversaire dans un coin pour réussir à le cadrer correctement. Mais Enzo, un ancien de la BRI qui bossait désormais au GSO, le groupe de soutien opérationnel intervenant sur les situations de crise en Île-de-France, avait un bon niveau, une force de buffle et quinze ans de moins que lui. Et ça faisait sérieusement la différence.

Il y avait dans les locaux du Bastion une salle au rez-de-chaussée bas que les gars avaient reconvertie en dojo en y installant des tatamis. Toutes les brigades venaient s'y entraîner librement, ça servait aussi bien de pause que de défouloir et ça permettait à la plupart des collègues de rester en forme.

Encore un direct bloqué dans les gants, Tomar cherchait la faille chez son adversaire tout en gardant sa distance. La boxe était une belle allégorie de la vie. Toucher sans se faire toucher, tenir son adversaire à l'écart tout en sachant s'en éloigner ou s'en rapprocher… ça lui faisait penser à sa relation avec Rhonda. Pourquoi n'arrivait-il pas à s'abandonner ? Un psy lui aurait certainement expliqué qu'il avait peur du conflit, d'où les mécanismes de défense mis en place pour ne pas prêter le flanc à une quelconque attaque. La fuite était évidemment la solution la plus simple pour éviter l'affrontement. Mais comment construire quelque chose avec une personne sans accepter le risque de souffrir ?

BAMM. Le crochet du gauche venait de lui percuter violemment la mâchoire, Enzo ne rigolait pas quand il envoyait ses poings. Mais la douleur, Tomar connaissait, aussi bien dans la vie que sur le ring, et il avait les moyens d'encaisser. C'était d'ailleurs sa principale qualité en tant que boxeur. Avancer sans jamais faiblir. Il envoya une petite combinaison de coups au corps et son adversaire baissa un instant sa garde pour se protéger. Instant suffisant pour qu'il place un bon direct puis un uppercut du gauche qui passa entre les gants pour venir toucher la pointe du menton, juste sous le casque. La tête d'Enzo se releva sous l'impact malgré son cou de taureau et, même s'il ne laissait rien transparaître, Tomar savait qu'il avait dû lui faire mal. Souffrir dans son corps, souffrir dans son âme. L'amour était, de loin, le domaine dans lequel il se sentait le plus mal à l'aise. Il n'avait pas la technique ni les fondamentaux pour s'y mouvoir aussi bien que sur un ring. C'était comme ça.

Le *timer* du téléphone sonna la fin du round et les

deux adversaires se tapèrent dans les mains en se remerciant pour cet assaut réussi. Tomar enleva ses gants et son casque et se dirigea vers la sortie pour rejoindre le local des douches. C'est alors qu'il vit la silhouette longiligne de sa coéquipière. Rhonda leva la tête vers lui et planta ses yeux clairs au fond des siens.

— Je savais que je te trouverais là…

Il lui sourit et remarqua qu'elle trépignait d'impatience.

— José Mendez… j'ai un témoin qui l'a vu se disputer avec la victime il y a quelques semaines. Une altercation assez violente, d'après sa déposition.

— Il l'a frappée ?

— Non… mais il a pété les plombs et frappé une armoire à côté d'elle.

Tomar ne savait pas quoi lui répondre. Il ne pouvait que constater à quel point cette affaire lui tenait à cœur, mais ce genre de témoignage ne valait rien devant un tribunal, elle s'en doutait forcément.

— Pas mal…, commenta-t-il en essuyant la sueur de son front.

— Ça, c'est rien, continua Rhonda en souriant. Mendez s'est fait opérer au début du mois de juin. On lui a enlevé la veine saphène de la jambe gauche…

— Une varice ? interrogea Tomar.

— Ouais, mais lui c'était un cas critique. J'ai appelé la clinique privée où on l'a charcuté. Visiblement il avait laissé traîner ça pendant dix ans, il risquait la phlébite. C'est de la chirurgie basique, en ambulatoire. Opéré le matin, il est parti à midi…

— Et ? se risqua Tomar qui peinait vraiment à comprendre où tout cela menait.

— Et j'ai récupéré son dossier de sortie. Protocole de soins, ordonnances…

Rhonda lui racontait ça comme un épisode de série télé. Elle savait ménager ses effets.

— Dans la prescription y a un suivi de soins par une infirmière qui doit s'en occuper quotidiennement, nettoyer ses pansements et lui faire une injection.

— Une injection de quoi ?

— Arixtra… C'est un anticoagulant suffisamment puissant pour éviter les œdèmes suite à une opération.

Bingo. Rhonda avait réussi en partant d'un événement a priori sans importance à se greffer sur l'une des seules pièces étonnantes du dossier.

— Et on a retrouvé de l'Arixtra dans les analyses du légiste ?

— Arixtra c'est le nom du médoc, mais elle avait bien du fondaparinux sodique dans le peu de sang qui lui restait, c'est une substance de synthèse qui empêche la coagulation.

— Donc t'es en train de me dire que José Mendez avait accès aux injections qu'elle a utilisées pour se foutre en l'air.

— Exactement…

Il y eut un long silence pendant lequel Tomar se dit que Rhonda avait un instinct de chasseresse hors du commun. Il ne la retiendrait pas longtemps entre les murs de ce groupe. Elle méritait mieux.

— C'est solide ça, Rhonda… et c'est du très bon boulot.

— OK, alors qu'est-ce qu'on fait ? questionna-t-elle, accrochée aux lèvres de Tomar.

— Tu penses à quoi ?

— Pour moi elle l'a largué, il ne l'a pas supporté, d'où les disputes violentes, et c'est peut-être un suicide déguisé. Il a pu lui demander de venir plus tôt à la piscine, la rendre inconsciente par un moyen ou un autre, lui injecter cette merde et lui ouvrir les veines…

— Et c'est lui qui a découvert le corps, compléta Tomar.

C'était un peu tiré par les cheveux, mais ça se tenait. En tout cas, il y avait matière à vérifier.

— Je pense que tu as mérité ta GAV… Avec ça et un peu d'huile de coude, on arrivera forcément à lui faire cracher quelque chose d'intéressant.

Une lueur de satisfaction s'alluma dans les yeux de Rhonda et il mesura à quel point elle avait besoin de reconnaissance. Elle et tous les flics d'ailleurs, c'était sans doute ça qui leur manquait le plus.

— OK… tu vas voir la proc pour lui demander le mandat.

— Non… il vaut mieux que tu t'en charges. J'ai

pas trop la cote avec elle en ce moment… Et puis, c'est ton suspect et tu maîtrises bien le sujet.

— Ah ouais, pourtant elle a l'air sympa la petite Metzger.

Sympa. Tomar n'aurait pas dit ça.

— En tout cas bravo… beau boulot. Je suis vraiment fier de toi.

29

Rhonda avait rejoint le palais de justice pour aller voir la nouvelle substitute du procureur, mais sa greffière l'avait informée qu'elle se trouvait au café de L'Industrie, à la sortie du métro de la porte de Clichy. Un coup de téléphone plus tard, elle obtenait un rendez-vous improvisé loin de la forteresse de verre. Sur le chemin, Rhonda s'était remémoré toutes les pièces importantes du dossier, à commencer par le rapport d'autopsie et le témoignage incriminant José Mendez. Elle n'avait encore jamais bossé avec Ovidie Metzger et les rares fois où elle l'avait croisée, celle-ci lui avait fait l'impression d'une fille ambitieuse et sans état d'âme. Pas de doute qu'elle serait rapidement titularisée et qu'ils allaient collaborer avec elle pendant un certain temps. Alors autant se la mettre dans la poche le plus vite possible ! Le bistrot en question était un restaurant-bar à vins, plutôt classe et principalement fréquenté par les robes noires et les tauliers du 36. En ce milieu de matinée, les tables n'étaient pas encore dressées et on pouvait y siroter un café en profitant du soleil de la terrasse. Ovidie Metzger se trouvait tout au bout de la rangée, le corps tourné vers les rayons, une paire de Ray-Ban rivée sur le nez. Elle bronzait peinarde entre deux auditions. Rhonda prit soudain conscience de combien elle avait la peau blanche et le teint pâle, elle qui passait la plupart de son temps sous les néons. Elle vint la rejoindre et s'assit à côté d'elle – il n'y avait pas la place de se mettre face à face tant le trottoir était étroit –, et se retrouva elle aussi à profiter du soleil. Après des présentations d'usage, où elle la trouva plutôt humble et courtoise, Rhonda lui déroula son enquête, ses doutes, et son désir de coller une bonne garde à vue à Mendez pour en avoir le cœur net.

— Bien sûr qu'il faut le faire, vous avez tout mon soutien, fut la conclusion de la proc qui n'opposa aucune résistance aux arguments de Rhonda.

En lui parlant, elle l'avait bien observée. Cette fille avait quelque chose d'envoûtant, une sorte de candeur désarmante qui vous donnait envie d'être son amie. Rhonda imaginait le nombre de mecs qui avaient dû tomber amoureux d'elle lorsqu'elle faisait ses plaidoyers à l'École de la magistrature. Pourtant un sentiment étrange la mettait sur ses gardes. Tout était parfait, presque trop. Depuis ses tenues très féminines sans en faire trop, jusqu'à son tatouage lui donnant un côté rock l'air de rien, et sa manière d'enrober ses mots d'une couche de sucre… Tout était calculé chez Ovidie Metzger. C'était certainement une grande *control freak*.

— Ça fait longtemps que vous travaillez avec Tomar Khan ?

Et voilà… C'est finalement là qu'elle voulait en venir. L'affaire Clara Delattre ne l'intéressait pas réellement, elle non plus, c'est Tomar qu'elle avait dans le collimateur.

— Cinq ans, répondit Rhonda sans plus de commentaires.

— C'est plutôt un bel homme.

Celle-là, elle ne s'y attendait pas. Qu'elle lui parle de ses casseroles ou lui vante ses qualités avant de le descendre, c'était la stratégie habituelle, mais là ça paraissait un peu gros.

— Je suis sûre qu'il a du succès avec les femmes, dit Rhonda en rentrant dans son jeu.

— Arrêtez… vous avez passé cinq ans avec lui à bosser sur des affaires, je sais tout ce que ça implique, la proximité que ça crée. C'est pas un métier très propice aux relations extraprofessionnelles.

— Procureur non plus, j'imagine.

— Non plus… on vous ressemble pas mal en fait. Sauf qu'on n'est pas armés. Notre arme c'est le Code…

— C'est l'arme ultime en même temps.

Rhonda ne comprenait pas bien où elle voulait en venir. Mais une forme de tension s'était créée à l'évocation de Tomar. Une tension entretenue par la douceur faussement inoffensive d'Ovidie Metzger.

— C'est vrai… Mais on ne l'utilise jamais à tort. Du moins on s'y efforce. C'est comme ça que j'imagine mon travail depuis toujours.

— Oui… nous, on est en dessous, vous savez… Quand on a le nez dans le guidon, les choses ne sont pas aussi simples. Y a des hauts et des bas.

— Et le commandant Khan, qu'est-ce qu'il en pense ?

— Demandez-lui.

— Je serai bientôt obligée de le faire, Rhonda, je désirais vous prévenir la première.

On y était. Elle avait Tomar dans le collimateur, tout comme Antonin Belko avant elle. Ovidie se pencha vers Rhonda, retira ses lunettes de soleil et posa sa main sur la sienne. Un geste sans équivoque, comme une amie qui désirait vous faire une confidence.

— J'ai confiance en vous, je sais à quel point vous êtes précieuse pour le groupe Khan. Mais je pense aussi que vous êtes à un moment de votre carrière où vous devriez voler de vos propres ailes. Et vous pouvez compter sur moi pour ça. Je voulais vous le dire et vous prévenir qu'un jour, j'aurai moi aussi besoin de votre aide et de votre confiance…

Ovidie Metzger était en train de lui tendre un couteau et elle sentait qu'elle n'allait pas tarder à lui demander de le planter dans le dos de Tomar.

Rhonda retira sa main et vit les yeux de biche de la proc se transformer en deux petites braises.

— Vous avez toute ma confiance, je suis certaine que nous allons faire de l'excellent boulot toutes les deux, répondit-elle pour donner le change.

— J'espère, Rhonda, j'espère vraiment.

Ses derniers mots résonnaient comme une menace à peine dissimulée et Rhonda se dit que cette fille n'hésiterait pas à la mettre en pièces à la moindre occasion.

30

Deux immenses cheminées se dressaient au-dessus du boulevard périphérique et crachaient dans le ciel une épaisse fumée blanche. Le centre d'incinération d'Ivry n'arrêtait jamais de fonctionner pour venir à bout des sept cent mille tonnes de déchets annuels produits par la masse grouillante des Franciliens. Tomar roulait à toute vitesse pour rejoindre son vieux compère. *Magne-toi le cul !* résumait à peu près la teneur du message que Berthier lui avait laissé sur son répondeur. Il avait quitté le centre de Paris pour tracer vers le site situé entre le 13e arrondissement et la ville d'Ivry. D'aussi loin qu'il pouvait s'en souvenir, Tomar avait toujours connu la silhouette décrépite de cette usine et de ses deux cheminées en aluminium. Tout le quartier vivait avec ce spectre décharné et certains jours le vent poussait les fumées vers les habitations, entraînant une levée de boucliers des associations de riverains. Mais il fallait bien brûler la merde des gens quelque part, non ? Il sortit du périph et roula jusqu'à la rue Bruneseau, où Berthier l'attendait dans son antique Volvo Rolling 1980 – il ne s'était pas encore décidé à la vendre.

— Qu'est-ce qu'on fout là ? fut la première question qui lui vint à l'esprit. Y a plus glamour comme endroit pour une fin de soirée.

Berthier avait enfilé une combinaison noire et portait sur la tête un bonnet en laine qui le faisait suer à grosses gouttes. Il tendit le même genre à Tomar.

— Me dis pas qu'on va entrer par effraction ?

— C'est pas moi qui l'ai dit !

— Non, sans déconner… qu'est-ce qu'on fout ici ?

— La Crevette… le mec dont Momo nous a parlé, c'est le seul à pouvoir nous ouvrir la route jusqu'à Ranko. Sauf que si on y va les mains vides, on n'a aucune chance.

— Et alors, j'vois pas le rapport.

— C'est que t'as pas passé dix piges aux Stups, gamin. Sinon tu capterais tout de suite pourquoi on est là.

Berthier jouait avec ses nerfs et il était plutôt doué pour ça. Il finit par se décider à reprendre la parole, un petit sourire au coin des lèvres.

— Quand tu bosses aux Stups, t'as pas mal de soucis. Un d'eux, c'est de te débarrasser de la merde que tu saisis. Alors fut un temps où on la stockait dans des placards, des tiroirs ou directement sur la table, mais y avait toujours quelqu'un pour se servir.

Tomar savait très bien à quoi il faisait allusion. L'histoire des Stups était parsemée de scandales sur la « disparition » de belles quantités de matos. Quelques flics s'étaient même transformés en dealers pour arrondir leurs fins de mois. Y avait partout des brebis galeuses, même dans la police.

— Et puis les tauliers en ont eu marre de tout ça et ils nous ont trouvé un endroit peinard pour qu'on fasse disparaître cette merde… Issy-les-Moulineaux et Ivry, les deux plus gros fours à came de Paris.

Tomar leva les yeux vers le ciel et fixa l'épaisse fumée blanche qui s'évaporait peu à peu dans la nuit. Il espérait que les filtres à particules étaient efficaces, sinon les pigeons risquaient l'overdose.

— J'ai appelé un pote à la brigade… Ils sont passés brûler une grosse saisie cet après-midi. Six cents kilos de résine de cannabis espagnole chopés sur un *go fast* en Essonne. Disons que mon pote a laissé un petit paquet pour nous pas loin de la fosse. Quelques kilos… Assez pour approcher Ranko et lui faire croire qu'on est des clients.

— OK… on procède comment ?

— Je sais où est le paquet, j'ai l'horaire des rondes… On rentre, on le récupère, on sort. Faut juste éviter que notre gueule apparaisse sur les caméras de sécurité.

— Si on se fait choper avec ça on est grillés.

— On n'a rien sans rien. Tu veux savoir si c'est Ranko qui a tué l'autre connard de l'IGPN ou pas ?

En guise de réponse, Tomar attrapa la cagoule et commença à l'enfiler.

— Attends un peu, gamin, il est trop tôt.

Berthier prit un paquet de clopes dans la poche avant de sa combinaison.

— J'pensais que tu fumais plus ?

— Ce soir c'est les vacances, j'ai envie de m'en griller une.

Et Tomar le regarda s'envoyer la fumée dans les bronches pendant que les cheminées continuaient à cracher leur merde dans l'atmosphère. Berthier avait quelque chose d'heureux dans les traits de son visage et Tomar se dit qu'il devait apprécier cet instant de calme avant l'adrénaline du passage à l'acte. Il avait vécu sa vie en opérations à barbouzer aux quatre coins du monde sans savoir s'il allait jamais revenir. Il n'était finalement jamais aussi content que dans ces moments-là.

— Passe-m'en une, dit Tomar en tendant la main.

— Voyez-vous ça !

Et ils fumèrent silencieusement en attendant leur heure.

31

2 heures du matin. Le quartier était aussi mort que possible. Pas vraiment le coin où ils risquaient de croiser un fêtard ou une bande de gamins désœuvrés. Le souci c'était de rentrer sur le site sans se faire repérer par les caméras de surveillance contrôlant les allées et venues des convois. Pour cela ils avaient longé la voie ferrée qui jouxtait une partie du centre et s'étaient aidés d'un arbuste pour grimper le muret en béton et escalader la grille loin de l'entrée. L'usine d'incinération n'était heureusement pour eux pas l'endroit le mieux sécurisé de la capitale. Après tout, qui aurait envie de s'infiltrer dans ce complexe lugubre d'où s'échappait une puanteur infecte ? Ce n'était pas une simple décharge puisque, après avoir été balancé dans la fosse, tout était carbonisé par les fours, mais il restait quand même un effluve désagréable qui s'accrochait à tout.

Une fois à l'intérieur, Tomar suivit son acolyte

qui progressait à pas rapides vers une estafette abandonnée sur le parking visiteurs. De là, le plan était facile : il leur fallait rejoindre la zone de déchargement où le « paquet » les attendait dissimulé sous le pare-chocs d'une benne dont Berthier avait noté l'immatriculation. Ils jetèrent un œil aux alentours et glissèrent dans la nuit vers leur objectif. La fosse, un trou de cinquante mètres de profondeur capable d'accueillir neuf mille mètres cubes de détritus, s'ouvrait comme une porte vers les enfers. En se penchant vers l'abîme de béton, Tomar se dit que c'était un bon endroit pour faire disparaître un corps. À l'intérieur, deux immenses crochets métalliques actionnés par des techniciens brassaient les déchets et les transféraient vers les fours dont ils ressortaient sous forme de poudre grise… le mâchefer. Aucun moyen de contrôler ce qui était balancé là ni d'en sortir. Une fois au fond, il ne restait que l'oubli.

Berthier émit un petit sifflement en lui indiquant une benne garée dans un coin du quai de déchargement. Tomar la rejoignit rapidement et se pencha sous le pare-chocs avant pour l'inspecter. Un beau paquet entouré de gaffeur marron se trouvait là et Tomar se contorsionna pour réussir à le dégager.

— C'est bon ? questionna Berthier sans quitter des yeux la caméra de surveillance installée à l'angle du mur opposé.

— Je l'ai… je dirais quatre ou cinq kilos…

— Ça fera l'affaire… Faut pas traîner.

Et ils repartirent en sens inverse pour rejoindre

le parking. D'un coup, Berthier leva le bras droit et posa un genou à terre. Tomar n'avait pas fait le centre d'entraînement du Raid, mais il savait très bien ce que cela signifiait : prudence maximum. Le léger grésillement des machines fut bientôt interrompu par le son caractéristique d'une paire de bottes marchant dans leur direction. Comme pour confirmer leurs doutes, un faisceau lumineux fit son apparition. Il s'agissait d'un vigile en tenue sombre effectuant son tour de garde. Et il avait dans une main la laisse d'un beau berger allemand qui tirait sur sa corde en reniflant.

— Merde…, souffla Berthier entre ses dents. Ils ont dû changer leurs horaires.

Le problème était simple. Il n'y avait que deux manières de sortir de la zone de déchargement. Soit ils continuaient tout droit et tombaient nez à nez avec le vigile. Soit ils rebroussaient chemin et se retrouvaient à découvert sur au moins deux cents mètres. Ce qui signifiait une bonne course durant laquelle ils se feraient choper par les caméras, mais aussi par le gars dont ils seraient pile-poil dans la ligne de mire. Berthier hocha la tête comme s'il avait lu dans les pensées de Tomar et ils se mirent en position pour faire demi-tour. Leur hésitation ne dura pas longtemps, car le chien commençait à s'agiter en grognant, éveillant les soupçons du vigile.

— GO ! lança Berthier en attrapant le paquet et en fonçant vers la voie de sortie opposée au gardien.

Tomar fut surpris par la vélocité de son acolyte qui lui avait déjà mis dix mètres dans la vue alors qu'il ne s'était toujours pas décidé à partir. Lorsqu'il s'élança, l'homme pointait la lumière de sa Maglite dans sa direction et il crut entendre un « Arrêtez-vous ! ».

Contraction musculaire maximum, Tomar avala les premiers mètres en un rien de temps et la sortie lui parut se rapprocher à la vitesse du son. Devant lui, Berthier était quasiment hors de la zone de déchargement. Il lui resterait à traverser le parking et à bondir sur la grille pour rejoindre la voie ferrée. Tomar accéléra encore et les hurlements du gardien lui semblèrent bien loin derrière. Des flots d'adrénaline se déversèrent dans ses veines, lui permettant de détaler plus vite qu'il ne l'avait jamais fait de sa vie.

C'est alors qu'il entendit une galopade derrière lui. Le chien l'avait rattrapé aussi facilement qu'un lapin de garenne. Il sentit un choc violent lorsque les crocs tentèrent de se refermer sur ses mollets. Tomar fit un effort surhumain pour ne pas perdre son équilibre et continuer sa course. Devant lui, Berthier avait balancé le paquet par-dessus la grille et commencé à escalader. Il lui restait quoi ? Cinq mètres avant de le rejoindre. Mais lors du deuxième assaut il fut incapable de se maintenir sur ses jambes. Le berger allemand avait attrapé le tissu de son jean et tirait de toutes ses forces pour le faire chuter. Tomar avait déjà travaillé avec des chiens pendant un entraînement avec la BRI. Il savait qu'il fallait

« présenter » à l'animal la partie qu'on désirait qu'il morde plutôt que de tenter d'échapper à son étreinte. D'un geste rapide, Tomar enleva sa veste et la roula en boule autour de son bras pendant que la bête s'acharnait sur le bas de son corps. Même s'il était lent, dans quelques instants le gardien les rejoindrait et il n'aurait plus le choix. Tomar pivota sur lui-même pour se lever et tendit son bras recouvert par la protection de fortune.

— CHOPE ! hurla-t-il de toutes ses forces.

Le chien comprit immédiatement l'ordre et lâcha sa jambe pour sauter sur la cible. Malgré le tissu, les crocs lui déchirèrent la chair mais il réussit à se redresser pour reculer jusqu'à la grille. De l'autre côté, Berthier le regardait, hésitant à sortir son arme pour les débarrasser de la bête. Mais une fois dos au grillage, Tomar fit glisser sa protection et donna simultanément un violent coup de pied au molosse qui bondit d'un mètre en arrière. Il en profita pour se jeter le plus haut possible avant le prochain assaut. Son stratagème fonctionna et les crocs claquèrent juste en dessous de la semelle de ses chaussures. Il contracta ses biceps pour se hisser et se balança au-dessus de l'obstacle pour retomber de l'autre côté.

Ils commencèrent alors à courir à toute vitesse sur la voie ferrée. Bordel, qu'ils avaient eu chaud. Tomar pouvait sentir le sang couler le long de son bras, mais il s'en foutait. Dans la chaleur de la nuit, ils se mirent à rigoler comme des gamins.

32

C'était assez puéril, mais la soirée de la veille lui avait remonté le moral. Malgré la profonde entaille dans son avant-bras, Tomar ne regrettait pas leur virée nocturne. L'adrénaline lui avait fait oublier la tonne de merde qu'il se coltinait sur les épaules. Vu qu'il était rentré vers 4 heures du matin, Tomar s'était directement pointé à la permanence de la PJ et il pouvait se targuer – pour une fois – d'être le premier sur place. Depuis les grandes baies vitrées du groupe, il était en première ligne pour admirer le soleil se lever sur Paris, petit miracle quotidien qui le remplit d'une énergie nouvelle.

Il s'était installé au bureau de Dino et avait commencé à rechercher des éléments sur André Dussailli, le chirurgien ayant opéré Clara et dont la photo lui servait de marque-page. Rien de particulier hormis une série de sites avec des commentaires souvent positifs, sur ses qualités professionnelles, son écoute, sa courtoisie, un vrai condensé de *feel good*. Et puis il tomba sur un article intitulé « Suicide à l'hôpital » sur le site du journal *Midi libre*. La coupure de presse – pas plus d'une quinzaine de lignes – relatait la mort de Marie-Josée Dussailli, dont on avait retrouvé le corps sans vie dans une salle de repos de l'hôpital Saint-Louis à Perpignan. Ça se passait en 2015, un an avant le déménagement d'André pour Paris. Homonyme ou pas ? Ça faisait beaucoup de coïncidences. L'article mentionnait que Marie-Josée s'était donné la mort par pendaison sur le « lieu de travail de son mari », ce qui forçait encore la suspicion. La petite lumière rouge d'alerte maximale s'alluma dans le crâne de Tomar. Le mec était monté sur Paris en 2016, certainement à la suite du décès de sa femme. Il avait opéré Clara en 2017, puis à nouveau au début de l'année… et elle aussi s'était suicidée. Ce n'était à cette étape qu'une simple coïncidence, si ce n'est que la tronche grisonnante du beau chirurgien se trouvait dans les affaires de leur victime…

Ça commençait à phosphorer grave dans son crâne de flic, d'autant plus qu'il réussit rapidement à vérifier l'information selon laquelle Marie-Josée était bien sa compagne et l'ado d'Oxford, leur fils. Il devait être à peu près 8 heures lorsque la porte du bureau s'ouvrit et Tomar vit débarquer Dino, les yeux gonflés de sommeil. Il portait un tee-shirt extra-large estampillé d'un logo NUKA COLA – en rapport avec un jeu vidéo postapocalyptique culte, lui avait-il expliqué un jour – et un treillis militaire gris et noir.

— Déjà là, boss ? T'es tombé du lit.

— Disons plutôt que j'y suis pas encore rentré.

— Ahhh… la fiesta ?

— Ouais… on peut dire ça.

Tomar sourit et lança l'impression de l'article qu'il venait de trouver sur le Net.

— C'est quoi ?

— La femme du chirurgien… elle s'est suicidée.

— Sérieux ? !

— Faut tout vérifier. Les dates, la clinique, les circonstances. Faut fouiller son passé, ses rapports avec ses clientes, son dossier à l'Ordre des médecins. Tout.

— Tu crois que c'est lui ?

— Sincèrement, j'en sais rien. Mais s'il a une charrette à Perpignan faut me la rapatrier d'urgence. Si on veut ouvrir les hostilités avec lui, on a intérêt à avoir du concret.

Dino tapa dans ses mains, heureux d'avoir un os à ronger.

— C'est comme si c'était fait ! Tu peux compter sur moi.

Bien sûr qu'il le pouvait. Tomar adorait ce gars, il l'avait recruté il y a cinq ans, car c'était le meilleur analyste de la brigade. Depuis il avait fait sa place dans le groupe et, bien plus encore, c'était devenu un ami. Il n'avait pas grand-chose en commun avec lui, notamment il ne partageait absolument pas sa passion pour les univers virtuels et les films de superhéros, mais Tomar appréciait sa relative « naïveté ». Dino était un gamin qui évoluait dans un monde de crapules et de criminels, il avait su préserver quelque chose de son enfance qui faisait cruellement défaut à Tomar et à la plupart des flics. Quelque chose de précieux qui se rapprochait de l'innocence.

Le soleil était déjà haut dans le ciel quand Tomar se posta à la fenêtre et entreprit de descendre les stores pour éviter que la pièce ne devienne une étuve. La porte du groupe s'ouvrit à nouveau dans son dos, mais personne ne vint les saluer. Un grand gaillard en chemise impeccable était immobile dans l'encadrement, il fixait Tomar avec ses yeux sombres.

— Tu peux me suivre ? questionna Alvarez de sa voix puissante. Faut qu'on parle, Tomar…

Et il sut que les ennuis allaient commencer.

33

Alvarez avait méthodiquement évité son regard pendant toute la durée du parcours qui les menait jusqu'à son bureau. Pas besoin d'être un fin limier de la Crim pour deviner ce qui allait se jouer, Tomar savait depuis longtemps que ce jour devait arriver. À force de conneries, tôt ou tard, on finissait dos au mur, on apprenait ça sur les bancs de l'école. Il ne fut donc pas surpris de découvrir la personne qui l'attendait dans l'open space du groupe 1. Ovidie Metzger se tenait à la fenêtre, regard braqué vers l'immeuble en verre du palais de justice et, un peu plus loin, le périphérique parisien.

— Commandant Khan… bonjour, dit-elle en lui tendant une main sur laquelle reposait la tête du serpent.

Tomar accepta sa poignée de main et sentit la chaleur qui émanait de ce petit bout de femme. Il n'y avait personne d'autre dans le bureau et Alvarez vint se placer à la porte pour éviter qu'ils soient interrompus.

— J'ai pensé que cet entretien gagnerait à rester privé le plus longtemps possible... C'est mieux pour vous, dit-elle en le regardant bien en face.

Tomar hocha la tête, attendant que le combat commence même s'il savait très bien que dans cet affrontement, il avait les deux bras attachés dans le dos et un bandeau sur les yeux.

— Je vais vous résumer rapidement la situation, commandant. Suite à l'enquête que j'ai initiée dans le cadre de l'assassinat du lieutenant Antonin Belko, de nouvelles pièces sont apparues susceptibles de vous incriminer. Il s'agit des images d'une caméra de vidéosurveillance implantée dans le périmètre de la scène de crime. Une caméra dont les enregistrements sont toujours disponibles malgré l'antériorité des faits.

Le Grand Œil de Sauron, voilà comment les gars appelaient le réseau couvrant une bonne partie de la capitale et de sa proche banlieue. Un œil bien moins efficace que dans d'autres pays du monde, mais suffisamment pour sécuriser une large zone. Habituellement les données restaient stockées quelques mois à peine, mais il arrivait qu'elles soient transférées dans les disques durs du ministère pour bien plus longtemps.

— Sur ces images on aperçoit une moto de marque Triumph et de modèle Bonneville. (Metzger s'interrompit quelques secondes pour observer le visage de Tomar qui se voulait impassible malgré la pression.) Grâce au miracle du numérique, nous avons pu récupérer un visuel clair de l'immatriculation du véhicule et il se trouve que cette moto est la vôtre et se trouvait garée en bas de chez Antonin Belko, approximativement trois heures avant l'heure présumée du décès. Qu'en dites-vous, commandant Khan ?

Trou noir. Il avait les oreilles qui bourdonnaient et l'impression d'entendre son cœur battre la chamade. La lumière de la pièce baissa peu à peu et il se vit, penché sur le corps de Belko, les mains en tenaille autour de sa gorge. Il pouvait détailler toutes les veines de son cou alors que le sang pulsait à les faire exploser. Et puis ces yeux terrifiés qui perdaient peu à peu leur expression. C'était donc lui qui l'avait tué et c'était donc comme ça que cela devait se terminer. Lui qui avait poussé tant de criminels dans leurs retranchements pour obtenir des aveux, il se retrouvait finalement à leur place. Tout cela n'avait-il servi à rien ?

— Votre silence ne nous aide pas, commandant. Qu'est-ce que vous étiez allé faire chez Belko ce jour-là ?

Alvarez le fixait avec des yeux pleins d'empathie. Non pas qu'il jouât le « *good cop* », mais Tomar pouvait sentir qu'il avait réellement envie de le voir se défendre. Tomar était un guerrier, il n'avait jamais baissé les bras face à l'adversité de son métier ni sur le ring. Et pourtant à cet instant précis toutes ses forces l'abandonnaient. Il aurait pu crier son innocence et tenter de se sortir de ce guêpier, mais quelque chose au fond de lui oblitérait sa volonté. Il ne savait pas ce qu'il était allé faire là-bas, il ne se souvenait même pas précisément d'y être allé. Et pire que tout… il n'était pas absolument sûr d'être innocent de ce crime.

Ovidie Metzger sembla déstabilisée par son silence. Elle était venue pour en découdre, pour livrer un combat intense et tenace. Et elle se retrouvait face à un adversaire qui baissait les bras au premier coup ?

— Je suis certaine que vous comprenez la gravité de la situation. Si vous restez silencieux, si vous ne coopérez pas à l'enquête, je vais être obligée de vous mettre à pied le temps de réunir le conseil de discipline.

— Faites ce que vous devez faire…, répondit Tomar d'une voix d'outre-tombe.

— Putain, mais qu'est-ce que tu foutais là-bas ? lança Alvarez incapable de se retenir plus longtemps.

Tomar aurait aimé leur dire. Il aurait aimé se débarrasser de son secret, quitte à avouer son crime, pour en finir. Mais il ne savait pas, il n'avait aucune mémoire de ces événements qui étaient intervenus durant une de ses « crises ». S'il leur expliquait ça, il passerait pour un fou en plus d'un criminel. Dire la vérité c'était se tirer une balle dans le crâne.

— Je suis désolé, je ne peux rien dire pour l'instant.

— Mais tu attends quoi ? C'est la merde, là, Tomar, t'as pas l'air de t'en rendre compte… Si on te met en examen tu vas tout perdre ! Ton job, ta retraite et surtout ta liberté !

— Vous devriez écouter le commandant Alvarez. C'est le moment de nous parler sinon ce sera trop tard.

— Tout ce que je peux vous dire c'est que je n'ai pas tué Belko…

— Ça ne va pas suffire. Non seulement vous étiez là le soir de son décès, mais vous aviez un excellent mobile étant donné qu'il enquêtait sur vous… et vos précédents débordements.

Elle avait tellement raison. Tout pointait vers Tomar et l'accablait. Il se trouvait dans une impasse bordée de murs infranchissables. Pourtant il y avait forcément de la lumière quelque part. Le silence à nouveau, chaque seconde semblant durer une éternité avant que la procureure ne reprenne la parole.

— Bien… étant donné la situation je n'ai d'autre solution que d'ordonner votre exclusion et une assignation à domicile le temps de vérifier les derniers éléments et de mettre en place la procédure qui va suivre. Veuillez rendre votre arme et votre carte et quitter les locaux de la police judiciaire dès à présent.

Tomar baissa la tête, groggy, mais pas réellement là, comme spectateur de sa défaite.

— Qui va s'occuper des enquêtes en cours ?

— Le lieutenant Lamarck, bien entendu… Votre seconde a l'air tout à fait capable de s'en charger.

Et il sortit de la pièce les épaules basses et le crâne dans le coton. Une brèche venait de s'ouvrir sous ses pieds et il n'était plus qu'à quelques centimètres de sombrer dans l'abîme.

34

Rhonda avait débarqué au bureau trente minutes après le départ de Tomar. Elle avait essayé de le joindre – sans succès – et hésité à tout laisser en plan pour le retrouver quelque part. Le problème c'est que ça tombait pile-poil sur le début de garde à vue de José Mendez et elle se voyait mal demander à Francky de s'en charger, lui qui n'avait l'air que moyennement convaincu par l'intérêt de cette affaire.

Tout le monde tirait la gueule au bureau, surtout après le petit speech que la proc était venue leur faire sur les nouvelles responsabilités de Rhonda et les suspicions « graves » pesant sur leur chef. Rhonda avait envie de pleurer. Elle qui rêvait depuis des années de gravir les échelons, la voilà qui prenait la place de l'homme qu'elle aimait. Cela résonnait comme un échec et la culpabilité qu'elle ressentait était impossible à apaiser. Heureusement Dino et Francky l'avaient immédiatement rassurée. Ils savaient que Tomar allait s'en sortir, il s'en sortait toujours. Pourtant cette fois tous les voyants étaient au rouge et Rhonda n'avait aucun moyen de l'aider, il devrait se débrouiller seul. Alors en attendant de réussir à le joindre, il fallait qu'elle continue à faire son boulot du mieux possible, ce qui signifiait se concentrer sur l'affaire Clara Delattre.

José Mendez était arrivé à 10 h 30, ils avaient vingt-quatre heures, pas plus, pour en tirer quelque chose. Il patientait pour l'instant dans sa cellule flambant neuve. Un avantage certain de ces locaux. Les trois flics se concertèrent sur la manière d'opérer. C'est Rhonda qui mènerait les interrogatoires, elle n'avait jamais caché son animosité envers le suspect. Francky jouerait le « *good cop* », histoire de varier un peu les angles et de réussir à trouver la faille. Dino quant à lui se chargerait de tout consigner sur l'ordinateur mis à disposition dans la salle d'audition. Grosse différence avec le 36, quai des Orfèvres, les suspects ne montaient plus dans les bureaux, ils n'avaient aucune chance de croiser les plaignants, tout se déroulait dans l'étage réservé aux gardes à vue.

José Mendez avait une vraie gueule d'enterrement. Rhonda eut même l'impression qu'il avait pris dix ans depuis leur rencontre au pied de sa résidence. Deux gardiens de la paix étaient venus le chercher à l'entrée de son travail – Rhonda lui avait évité la honte familiale, et il se demandait certainement à quelle sauce il allait être dévoré. Sauce pression mentale dans un premier temps, Rhonda lui ordonnant de répéter un nombre incalculable de fois le déroulé exact de la découverte du corps et la chronologie de son « aventure » avec Clara Delattre. Ses différents récits restèrent quasi identiques à quelques microdétails près, ce qui faisait pencher la balance pour la sincérité. Les flics n'aimaient pas les versions trop bien huilées, la vie n'était pas une horloge suisse et encore moins la mémoire. Un témoignage avec de petites imprécisions ressemblait beaucoup plus à une image de la réalité.

Au bout de six heures, ils n'avaient rien obtenu de plus que ce qu'ils savaient déjà. José Mendez avait eu une liaison avec Clara, liaison qu'elle avait souhaité interrompre. C'est lui qui lui avait fourni le code d'entrée de la piscine, ce qui expliquait sa présence si tardive. Il niait tout harcèlement, et reconnaissait s'être emporté lorsqu'elle lui avait annoncé sa décision de le quitter. Il ne l'avait cependant pas menacée directement, mais avait cogné un vestiaire dans un élan de colère et de frustration. Ils ne lui avaient rien fourni à manger jusqu'à 16 heures – ce qui était contraire à la procédure –, et ils comptaient bien profiter de sa digestion pour passer à la vitesse supérieure. Mendez terminait son sandwich en regardant ses pieds, il n'avait que rarement levé les yeux vers eux. Rhonda pouvait imaginer ce qui se déroulait dans son crâne, particulièrement ses craintes concernant sa famille.

— Vous souhaitez prévenir votre femme que vous allez passer la nuit ici ?

Il avait hoché la tête et s'était résigné. Rhonda savait très bien le marasme mental dans lequel il devait être et c'était justement cet état qui était le plus propice à leur travail d'interrogatoire. Ils reprirent donc de plus belle, mais cette fois de manière plus explicite.

— Connaissez-vous la cause du décès de Mme Delattre ? questionna Rhonda froidement.

— Suicide…

— La cause exacte.

— Elle s'est coupé les veines ?

— Oui… et s'est totalement vidée de son sang. Vous savez pourquoi ?

José lança un regard perdu en direction de Francky qui ne sourcilla pas. Désolé mon gars, pas de planche de secours sur cette question-là.

— On lui a injecté une bonne dose d'Arixtra, vous avez une idée de ce que c'est ?

Le visage de Mendez changea du tout au tout, il s'éclaira d'une sorte de panique qui lui durcit les traits et lui pinça les lèvres.

— Oui… je sais…, répondit-il quasiment en bégayant.

— Et comment le savez-vous ? C'est pas très courant comme médicament.

— J'ai été opéré récemment… On m'en a injecté tous les jours après l'opération.

— Pour votre varice, c'est ça ? questionna Rhonda en le foudroyant encore un peu plus du regard.

Eh oui petit, on sait tout sur toi, tu es dans nos griffes, dans les chardons de la Crim et ça va piquer..., pensa-t-elle en l'observant se décomposer. *Ça va piquer jusqu'au sang.*

— Mais c'est pas moi, gémit-il entre ses gencives serrées par le stress. Je vous jure que c'est pas moi !

— Comment a-t-elle eu accès au produit alors ?

— J'en ai aucune idée.

Silence dans la salle. Dino continua à tapoter quelques secondes sur son clavier et leva à son tour le visage vers Mendez. Tous les regards étaient braqués sur lui. Il se sentait enfin dans la position du coupable, prêt à déballer la vérité.

— Il va falloir trouver mieux, monsieur Mendez. Est-ce que vous êtes sûr de nous avoir tout dit ? demanda Francky d'une voix douce. Je vous pose cette question, car c'est un moment crucial… Soit vous jouez franc jeu et nous avançons ensemble sur le chemin de la vérité… soit vous nous mentez et ça va vous coûter très cher.

José Mendez rentra dans une forme de conciliation mentale. *Il pèse le pour et le contre*, se dit Rhonda sans le quitter du regard.

— Il y a une seule chose que je ne vous ai pas dite…

Instant de grâce. La petite salle d'audition sembla se vider de son air alors que Mendez s'apprêtait peut-être à leur faire des aveux.

— Le matin où j'ai découvert le corps… je suis passé par le vestiaire et j'ai vu ses affaires. Il y avait un objet dans son sac…

— Vous avez fouillé ses affaires ? Pourquoi ?

— Je… Je voulais vérifier si elle l'avait avec elle…

— De quoi parlez-vous ?

— Un carnet… une sorte de journal intime. Elle me l'avait montré une fois… Je savais qu'elle y consignait… beaucoup de choses…

— Et alors ? Qu'est-ce que vous en avez fait ?

— Je l'ai pris.

— Mais pour quelle raison ?

— J'ai eu peur… qu'elle parle de nous, de notre liaison… j'ai eu peur pour ma femme, mes enfants… Et après c'était trop tard. Je devenais suspect !

— Et vous l'avez lu, ce journal ?

— Non… je n'ai pas osé.

— Où est-il ? Vous ne l'avez pas détruit au moins ?

— Non ! Je l'ai planqué !

Le visage de Mendez s'était détendu d'un coup. Le même genre de détente que l'assassin avouant ses crimes. C'était étrange de voir comment la conscience d'un homme pouvait apprécier de se soulager de ses fardeaux, surtout après les pires abominations. Rhonda sentit que Mendez lui échappait. Il n'avait pas tué Clara Delattre, c'était ça le « mensonge » qu'elle flairait depuis le début : un foutu journal intime !

— On va aller le chercher immédiatement…, dit-elle sans hésitation.

35

— Bordel de merde, tu vas avancer ! beuglait Berthier au volant de sa Volvo.

Ils se trouvaient boulevard Auguste-Blanqui, pas loin de la cité Glacière. Il devait être près de 21 h 30, mais cette première journée d'août était interminable. Après avoir quitté le 36, Tomar était passé chez lui prendre ses affaires avant de rejoindre la salle de boxe. Le sport comme exutoire, la douleur des muscles pour atténuer celle de l'âme, c'était la seule manière qu'il connaissait pour faire face. Mais la souffrance n'était pas partie et il avait trouvé la force d'appeler son mentor pour lui annoncer la nouvelle. Tomar Khan, le limier de la Crim, venait peut-être de perdre sa raison de vivre en même temps que son job. Les murs de son labyrinthe allaient s'écrouler sur lui, ne laissant que le silence et le goût des cendres. Marco l'avait convaincu de passer le prendre pour aller « boire un coup », mais ça sentait le traquenard et la virée s'était transformée en une tournée de bistrots. De verre en verre, c'est dans l'alcool qu'il avait essayé de noyer son malaise.

Ils étaient maintenant sur cette avenue du 13e arrondissement longeant le métro aérien, bloqués dans un foutu embouteillage, écrasés par la chaleur du bitume. Tomar observait la ville par sa fenêtre grande ouverte pour tenter de capter un peu d'air. Sous les piliers en béton du métro, les deux terrains de basket ne s'étaient pas encore vidés de leurs joueurs. Les gamins s'affrontaient, courant de panier en panier, manipulant la balle avec adresse et force. Cela aussi allait disparaître. Depuis quelques années, Tomar sentait bien que son corps accusait le coup. Il avait juste la quarantaine, mais il commençait à payer le prix des heures d'entraînement à pousser ses limites. Bien sûr, il était encore en forme, mais combien de temps est-ce que ça allait durer ? Sans son métier et sa force, que lui resterait-il ? Il n'avait rien construit dans sa vie. Ni femme ni enfants, même pas la moindre économie pour foutre le camp de ce bordel et se tirer au soleil. Rien.

Berthier poussa sur l'accélérateur pour se faufiler entre deux voitures et aperçut quelques agents de la Ville de Paris vêtus de gilets jaunes qui faisaient signe aux véhicules de se déporter sur le côté. Visiblement ils effectuaient des travaux d'urgence sur la voirie.

— Putain, c'est pas trois cons en gilets jaunes

qui vont nous bloquer le pays ! beugla Berthier dans leur direction.

Une fois l'obstacle contourné, ils rejoignirent rapidement la place d'Italie puis la rue de Tolbiac avant de se garer. Ce coin du 13e que les touristes appelaient « Little China » regroupait une grande partie de la communauté asiatique parisienne. C'est là que le mentor de Tomar habitait depuis presque dix ans, dans un immeuble calé entre deux tours gigantesques en signe de résistance. Ils avaient atteint leur destination en passant par l'épicerie à l'angle de la rue pour acheter une bouteille de sky. Le commerçant, un homme à grosses lunettes – « un Taïwanais » d'après Berthier –, les avait chaleureusement salués en leur offrant un paquet de Tuc – « j'suis un bon client ».

Ils avaient grimpé un étage avant de se retrouver dans un deux-pièces décoré comme un bureau de permanence. Des fanions de différents groupes d'intervention sur les murs, des affiches de films encadrées, un drapeau du PSG, quelques coupes sportives et une nuée de photos retraçant le passé militaire et policier de son mentor. Dans un coin, une table basse en bambou et une jolie nappe aux couleurs vives lui rappelant sans doute ses années de mobilisation en Asie. Tomar avait l'impression de pénétrer dans un sanctuaire.

— Fais comme chez toi…, lança Berthier en se dirigeant vers la cuisine pour aller chercher des verres.

En faisant le tour de la pièce, Tomar s'était reconnu sur de nombreuses photos. Quelques-unes le montraient sur le ring, dans sa période la plus sportive lorsque Berthier s'occupait de son entraînement et faisait le « coin ». D'autres à sa sortie de l'école de police et puis il y en avait une plus récente sur laquelle ils étaient tous les deux en tenue d'intervention, en bas d'une barre d'immeubles. Tomar se rappelait très bien l'épisode, c'était il y a deux ans, juste après leur mésaventure dans les sous-sols d'un caïd d'une cité nord.

— Ça nous rajeunit pas tout ça, lança Berthier en revenant les mains chargées d'un plateau.

En découvrant toutes ces photos, Tomar sentit une vive émotion le prendre aux tripes. À presque soixante-douze piges, Berthier lui ressemblait… Il n'avait personne hormis ses souvenirs pour lui tenir compagnie. Alors Tomar était comme un fils pour lui, un fils dont on conserve les images sur son mur. Des larmes lui piquèrent les yeux et il vint rejoindre son ami dans le canapé en vieux cuir défoncé sur lequel il s'était affalé. Berthier lui servit un verre XXL de whisky et trinqua en levant le bras.

— Au passé, au présent et au futur ! dit-il avant de s'envoyer directement toute la dose dans le gosier.

Tomar l'imita et plusieurs toasts similaires suivirent. Petit à petit, Tomar sentit son malaise se retirer sous des couches d'alcool. Il retrouva une nouvelle énergie et commença à évoquer les vieux souvenirs, qu'il partageait avec son mentor. La discussion dura des heures et les mena tout au bout de la nuit. Dans la poche de sa veste, son téléphone portable ne cessait de sonner, mais il était bien loin de s'en soucier. À ce moment précis, plus rien ne comptait sauf la chaleur de cet échange avec Berthier. Dans quelque temps, les vapeurs de l'alcool se dissiperaient et la douleur serait de retour. Mais cela n'avait aucune importance.

36

Rhonda avait essayé de le joindre toute la soirée sans succès et l'agacement s'était transformé en inquiétude. Tomar était solide, mais elle n'avait aucune idée de la manière dont il pourrait réagir à cette mise à pied. Se replier sur lui-même et faire le mort était une hypothèse sauf qu'ils formaient un couple – aussi étrange soit-il –, et qu'un couple était censé se serrer les coudes pour affronter les épreuves !

Abandonnant son téléphone, elle sentit Wookie se coller contre sa cuisse pour mendier quelques caresses. Ses yeux bleus la fixaient intensément et elle aurait pu jurer qu'il avait capté son angoisse et tentait – à sa manière – de l'apaiser. Rhonda se pencha en avant pour prendre le petit carnet vert à spirales qu'elle avait récupéré chez José Mendez après qu'il l'eut déterré du carré de jardin où il l'avait planqué.

Paris, le 23 septembre 2016

J'ai eu vingt-neuf ans hier... mais j'ai l'impression d'en avoir dix-huit ! Je suis toujours cette jeune fille sage et souriante qui s'applique bien à l'école pour faire plaisir à ses parents. La bonne élève, c'est la place que j'ai prise, celle que je me suis donnée pour ne pas décevoir les autres. Alors j'accumule les bonnes notes et les félicitations, mais au fond de moi, tout au fond, je sais déjà que j'aspire à autre chose. Dix-huit ans, c'est là que j'ai rencontré mon premier amour… Avec ma copine Éloïse, on décide de partir en Israël dans un kibboutz. Scandale dans la famille, leur petite fille si sage tourne baba cool, c'est tout le modèle petit-bourgeois qui s'effondre. Mais je tiens bon, et en cumulant plusieurs boulots, j'achète mon billet pour cette terre lointaine qui me fait rêver. C'est là que je le rencontre. Il s'appelle Adan, il est mince, pas très grand, et son visage exprime une certaine souffrance. C'est ça qui me touche. Je me sens attirée par une force invisible, je veux tout savoir de lui, je veux le connaître à tout prix. Après les repas dans la salle commune, on parle en anglais pendant des heures. J'ai l'impression qu'il me comprend et qu'il m'écoute, je commence à m'attacher à lui. Un jour, il m'entraîne dans le champ d'orangers et passe ses bras autour de ma taille. Je sens ses lèvres chaudes se poser sur les miennes et je frémis. C'est mon premier VRAI amour, je le sais, je le sens à l'intérieur.

Quelques jours plus tard, je suis dans la cui-

sine, j'aide les femmes à préparer le repas quand un garçon en uniforme vient à notre rencontre et nous parle en hébreu. Une fille pleure et on m'explique qu'il y a eu un accident sur la route… Adan est mort écrasé sous les roues d'un camion. Ils n'ont pas pu le sauver, l'hôpital est trop loin, à plusieurs heures du kibboutz. Mon cœur se brise, je me sens comme vidée de toute force et j'ai envie de hurler ma douleur et ma colère. On m'a pris mon premier amour, celui pour qui j'aurais pu tout donner. On me l'a pris sans raison, me laissant seule avec le trou béant créé par cet espace que je lui avais déjà fait au fond de mon âme. Onze ans plus tard, cet espace est toujours là et parfois, je pleure en pensant à lui et à ce baiser sous le soleil du désert qui continue de me réchauffer. Mais maintenant j'ai vingt-neuf ans et la vie est devant moi. J'espère… non je suis sûre qu'elle me réserve le meilleur.

Ainsi commençait le journal intime de Clara Delattre et malheureusement la suite des événements ne lui avait pas donné raison. Elle avait consigné son histoire d'une écriture élégante et précise dont la graphie particulière lui rappela la plume et l'encrier qu'elle avait aperçus dans son appartement. Ce n'était pas un vieux journal initié à l'adolescence, mais le récit d'une femme adulte ayant du recul sur sa vie, ses sentiments et ses espoirs le plus souvent déçus. Au fil des pages, Rhonda avait l'impression de partager son intimité, et l'empathie qu'elle ressentait depuis le début de l'enquête se transforma en une sorte d'amitié morbide. Un lien étrange et difficile à définir l'unissait à Clara Delattre par-delà la mort et ces pages ne faisaient que le confirmer. Mais de mots en mots, elles traçaient également le contour psychologique d'un être sensible dont les souffrances et les failles donnaient un début d'explication à l'acte désespéré qui clôturait sa vie.

Et puis Rhonda arriva au passage évoquant sa rencontre avec « Lui » et la lente descente aux enfers qui s'était ensuivie. Au fil des lignes, elle découvrit avec horreur la relation toxique qui avait plongé cette femme dans l'abîme. D'abord la séduction puis l'assujettissement progressif, les insultes et humiliations, la violence psychique et physique. Rhonda chercha en vain à mettre un nom sur l'homme, mais aucun indice ne lui permettait de confirmer ses doutes. De page en page, Clara ne le mentionnait que sous forme de « IL » sans jamais révéler son identité. Vers la fin du carnet, elle évoquait une nuit de douleur atroce pendant laquelle elle s'était résolue à dire adieu au « grain de riz » qui poussait dans son ventre. L'allusion était claire, Clara avait certainement procédé à une IVG dans les mois précédant son suicide. Le légiste n'avait rien vu de particulier mais c'était souvent le cas.

Maintenant, elle en était sûre, Clara Delattre ne s'était pas donné la mort « pour rien ». C'était un acte désespéré sans doute motivé par la douleur de cette perte, mais c'était également un acte de courage pour rompre une relation toxique. D'ailleurs, pour quelle raison aurait-elle emporté ce journal intime si ce n'est pour en faire son douloureux testament ? C'était une lettre d'adieu, une lettre qui ne mentionnait ni noms ni lieux, mais qui exprimait la souffrance avec tant de justesse que des larmes commencèrent à couler sur ses joues.

Wookie se colla un peu plus à elle et ronronna vigoureusement. José Mendez avait terminé sa garde à vue en confirmant la version selon laquelle il n'avait rien à voir avec le suicide de Clara. Non seulement car leur aventure n'avait que peu duré, mais également car il avait fini par se rappeler que sa boîte d'anticoagulants se trouvait rangée dans l'armoire à pharmacie des MNS, armoire dont Clara connaissait l'existence. Elle avait très bien pu s'y rendre et se faire les injections elle-même avant de s'ouvrir les veines dans le grand bassin. Sa version était difficile à démonter, même si le fait d'avoir dissimulé le journal de Clara ne jouait pas en sa faveur. Sur ce point il affirmait avoir pris peur de ce qu'elle pouvait y avoir inscrit et de la possibilité de s'y retrouver mentionné, ce qui aurait entraîné la révélation de son adultère. Rhonda avait tendance à le croire car, finalement, c'était cette peur qu'elle avait sentie chez lui depuis le début de l'enquête.

Restait la photo d'André Dussailli, le chirurgien, avec sa femme également suicidée quelques années plus tôt. Rhonda traversa son salon pour aller boire un verre de vin rouge puis le rinça dans l'évier avant de se diriger vers la douche. Le visage de Clara ne la quitta pas jusqu'à ce qu'elle eût éteint le plafonnier de sa chambre à coucher. Elle vérifia une dernière fois son portable pour voir si Tomar avait fini par lui répondre – sans succès –, et ferma les yeux. Clara était juste au-dessus d'elle, flottant sous la lune. *IL*... Mettre un nom sur ce pervers allait devenir sa priorité n° 1.

37

— P'tain mais shoote, connard ! hurla la Crevette en sautant du canapé, les mains agrippées au pad de sa PlayStation.

Il devait avoir à peine une quinzaine d'années, peser dans les cinquante kilos tout mouillé et l'acné de son visage lui donnait un air de pain aux raisins. Momo était assis à côté de lui et fixait l'énorme écran 4K sur lequel ils s'affrontaient dans une partie endiablée de FIFA 18.

Tomar et Berthier se tenaient juste derrière, observant ce couple improbable qui devait les mener à Ranko. Ils avaient reçu un appel le lendemain de leur petite soirée et malgré leur cuite mémorable, ils s'étaient dirigés vers cette riante cité HLM de Champigny-sur-Marne où créchait la Crevette, seul contact possible avec le caïd dans leur collimateur. La Crevette les avait installés dans son « magasin », un appart qu'il louait exclusivement pour le business et dont la déco se limitait à un frigo, un canapé et un écran télé. Momo les avait présentés, les faisant passer pour des Ritals fréquentés dans son ancienne vie de dealer turinois. Berthier avait apporté le paquet, cinq kilos de résine de cannabis première qualité, et prétendu pouvoir lui en fournir le double toutes les semaines. Cette quantité dépassait de loin l'envergure de la Crevette : lui et ses copains de la cité n'étaient que des maillons dans la chaîne. Il était de toute manière obligé d'en référer au big boss et Berthier avait exigé de le rencontrer en personne. Le piège était simple mais efficace, et avec l'aide de Momo ils espéraient parvenir à chopper Ranko. Sauf que depuis une heure la Crevette s'était lancée dans une partie de championnat sans leur donner de réponse, ce qui commençait à tendre l'atmosphère, et agaçait considérablement Tomar.

Le gamin portait un survêt Puma trop court pour lui, une paire de chaussettes blanches passées au-dessus et des tongs pour compléter la panoplie du parfait petit con auquel il aurait bien rappelé quelques principes d'éducation. Momo, qui n'était pas le dernier des imbéciles, s'appliquait à lui laisser gagner ce foutu match et, bien que menant 4-1, la Crevette continuait de gesticuler en insultant tout le monde au passage – « c'est gavé d'la merde, ce jeu » étant sa réplique préférée.

La partie se termina enfin et, après s'être copieusement autocongratulée, la Crevette se retourna vers eux en leur lançant un regard de lapin albinos.

— On la fume ta merde, gros ? proposa-t-il avec un sourire béat.

Et ils se retrouvèrent à se rouler un joint et à le faire tourner pour satisfaire le gremlin en survêtement.

— C'pas d'la merde ! dit-il en crachant de la fumée vers le plafond. Mais y a un blème, gros…

— Quel blème ? questionna Berthier d'un ton froid.

— Ranko aime pas la visite. Surtout de keums qu'y connaît pas.

— Je ne traite pas sans savoir avec qui…

— Ouais, j'comprends, gros. Mais lui il s'en bat les couilles de ta gueule de fils de pute.

Il y eut un silence et Momo lança un regard un peu désespéré dans la direction de Tomar.

En guise de réponse, Berthier lui arracha le joint de la bouche et l'écrasa sous la semelle de ses Rangers.

— OK… alors on se casse et on traite avec quelqu'un d'autre que ton connard de dealer. Et toi tu t'assois sur ta marge et tu continues à jouer avec tes p'tits copains.

La Crevette sembla un peu déconcertée, mais ne mit pas longtemps à reprendre la face.

— Calmos papi… Qu'est-ce qui me garantit que tu es réglo déjà ?

— Moi j'garantis, dit Momo pour tenter de calmer le jeu.

Il avait intérêt à le faire vu le deal qu'ils avaient

passé : si Momo les menait jusqu'au caïd, ils le laisseraient écouler la came récupérée à Ivry et paieraient deux billets d'avion pour que sa toxico de copine et lui se barrent définitivement au soleil. Un deal de seconde chance qu'il n'avait pas mis longtemps à accepter, mais avec une clause suspensive : pas de Ranko, pas de thunes. La Crevette prit une courte inspiration et se redressa face à Tomar. Il était maigre, mais plutôt grand et sa veste de survêtement ouverte lui donnait l'air d'un albatros décharné.

— T'fais du MMA, toi ? T'as une tronche de *warrior*…

— Boxe anglaise.

— Ah ouais… trop gavé l'combat de McGregor ! Il aurait dû le plomber l'autre ieuv. S'il avait eu les jambes, il le fumait. Non ?

Le petit con faisait référence au combat Mayweather versus McGregor qui avait enflammé les médias et les enchères l'été précédent. Deux millionnaires s'affrontant dans un show dont le seul intérêt était de générer encore plus d'argent.

— Si tu le dis… t'as l'air de t'y connaître.

Tomar masquait à peine l'envie qu'il avait de lui mettre une bonne claque. La Crevette s'étira de tout son long, prit une casquette arborant une couronne en fil doré qu'il plaça sur sa tête et se dirigea vers l'unique fenêtre du studio. Il fit un signe discret, sans doute pour indiquer à l'un de ses guetteurs que « tout allait bien », et revint vers ses visiteurs le menton rentré dans les épaules.

— Messieurs, on va faire du bizz ! lança-t-il en leur présentant un poing dans lequel tout le monde se sentit obligé de taper.

La première partie de leur plan venait de se conclure avec succès.

38

La clinique du Mont-Hugo se trouvait dans une rue pavée pas loin du funiculaire qui grimpait au sommet de la butte Montmartre. C'était un édifice moderne de cinq étages coincé entre deux haussmanniens et bénéficiant d'une vue dégagée sur les toits de la capitale. Rhonda s'y était présentée vers 9 heures du matin pour y rencontrer le docteur André Dussailli, désormais en tête sur sa liste. On l'avait engagée à suivre une ligne jaune tracée directement sur le sol menant vers la zone des consultations. Elle avait grimpé deux étages pour découvrir la secrétaire du chirurgien, une femme d'une cinquantaine d'années avec des lunettes rondes trop grandes pour son visage lui donnant l'air d'une tortue. « Le docteur Dussailli est au bloc », avait-elle dit sans daigner tourner le regard dans sa direction. Difficile d'aller le chercher directement là-bas, Rhonda s'était donc résignée à l'attendre dans une minuscule salle bondée de patients feuilletant des magazines passablement périmés. Sur un écran de télévision suspendu dans un coin de la pièce, on apercevait une carte de France avec la mention : « CANICULE, 66 départements placés en alerte orange. » Effectivement, il faisait une chaleur de micro-ondes malgré les deux ventilateurs qui brassaient l'air et la fenêtre grande ouverte sur la rue. Une grosse dame en tee-shirt blanc s'épongeait le front en soufflant comme si la mort était proche et Rhonda se dit que bosser à l'hôpital n'était pas loin d'être pire que le métier de flic. Peu de moyens, peu de reconnaissance et des horaires de dingue avec en moins le risque de se faire plomber en mission.

— Lieutenant Lamarck ?

Elle tourna la tête vers l'entrée de la salle et reconnut le visage mince aux cheveux et à la barbe grisonnants. André Dussailli portait une chemise impeccable – il avait dû se changer en sortant du bloc –, et lui tendait la main en souriant. Rhonda se leva pour aller le rejoindre et sentit dans sa poigne une force bien supérieure à ce que son physique laissait supposer.

— Je vous propose de nous voir dans mon bureau.

— Très bien, répondit-elle en lui emboîtant le pas.

Quelques minutes plus tard, elle pénétra dans une petite pièce plongée dans la semi-obscurité et à laquelle une clim d'appoint accordait un peu de fraîcheur. Il y avait quelques beaux meubles en bois ancien, des piles de dossiers et sur le bureau une main humaine incroyablement réaliste dressée vers le ciel, protégée par une cloche en verre. Cet objet insolite attirait le regard par son côté à la fois morbide et fascinant, on aurait dit qu'elle allait se mettre à bouger.

— Je vois que vous avez fait connaissance avec Edward.

— Edward ?

— Oui, ce bon vieux Ed était un repris de justice écossais de la fin du XIXe siècle. Il a fait don de son corps au King's College de Londres et un médecin anatomiste a tenté sur celui-ci une ancienne technique d'embaumement issue de l'Égypte antique.

— Vous voulez dire que c'est une vraie ?

— Absolument. J'avoue que cette relique m'a coûté cher… mais, après tout, la main est un outil unique, c'est grâce à elle que notre espèce s'est imposée au sommet de la chaîne de l'évolution. Elle peut donner ou reprendre… et c'est le cœur de ma passion depuis toujours. Mais excusez-moi… vous n'êtes certainement pas là pour parler de ça. Que puis-je faire pour vous, lieutenant ?

Quelque chose dans sa voix dérangeait Rhonda. Une voix ronde et rassurante. Une voix chaleureuse et claire… une voix de prince charmant.

— J'enquête sur le décès de Mlle Clara Delattre. Vous la connaissez ?

— Clara ? Très bien ! C'était une de mes patientes. Vous voulez dire qu'elle est… morte ?

— Malheureusement.

— Mon Dieu…, dit-il en s'étranglant. Comment est-ce arrivé ?

— Elle s'est suicidée.

Le visage du chirurgien fut traversé d'une soudaine douleur. Rhonda se dit qu'il paraissait sincère ou alors c'était un excellent comédien.

— Ce n'est pas possible, je l'ai opérée… quand… en décembre, d'après mes souvenirs.

— Vous la connaissiez bien ?

— Comme toutes mes patientes… J'ai l'image d'une jeune femme pleine de vie. Elle faisait de l'escalade, je crois.

— C'est exact. Et, excusez-moi de vous demander ça, mais… vous ne l'avez jamais fréquentée à l'extérieur ?

— Fréquentée, vous voulez dire… ? (Il s'interrompit quelques secondes comme si la question lui paraissait profondément malvenue.) Bien sûr que non !

La sonnerie du téléphone de Dussailli les interrompit quelques secondes, le temps d'un « Je te rappelle… Oui, je t'aime », et il raccrocha.

— Vous êtes marié, docteur ?

— Non, c'est… Juste une amie…

Elle fouilla dans la poche intérieure de sa veste et sortit la photo découverte dans le livre de Clara Delattre.

— On a trouvé ça chez Clara…

Le médecin eut l'air gêné.

— Je vois…

— Vous voyez ?

— Oui, elle m'a demandé de prendre cette photo après sa première opération il y a quelques années. Elle était tellement heureuse de retrouver l'usage correct de sa main… Je comprends mieux pour quelle raison vous avez pu croire que j'avais une relation avec elle. Vous savez, dans mon métier, ça peut se produire. On aide les gens, parfois même on les sauve… alors ça crée des liens particuliers et surtout des quiproquos.

— D'accord, répondit Rhonda en récupérant la photo. Mais ça vous est déjà arrivé d'avoir une relation avec une de vos clientes ?

— Je ne saisis pas le sens de votre question. Je suis suspecté de quelque chose ?

— Pas du tout. J'essaie de comprendre ce qu'elle avait dans la tête pour s'ouvrir les veines de cette façon.

— Oui… je peux imaginer la complexité de cette démarche. La souffrance des gens est très difficile à déchiffrer. Moi je me contente de les réparer pour que leurs douleurs physiques s'estompent, mais pour ce qui est du mental… C'est bien malheureux en tout cas.

Malheureux, oui, se dit Rhonda. En face d'elle, la main d'Edward la remplit tout d'un coup d'effroi. Quel genre d'homme appréciait de mettre sous cloche un tel objet ? « Elle peut donner ou reprendre », les mots de Dussailli lui parurent soudain pleins de sens.

Et elle se dit que le gentil chirurgien avait certainement quelque chose à cacher.

39

10 heures du matin. La rue du Bastion ressemblait plus que jamais à une étuve chauffée à blanc par les rayons du soleil. Le thermomètre affichait 35 °C, mais on en attendait au moins cinq de plus d'ici midi. Rhonda rentrait de son rendez-vous avec la sensation désagréable d'avoir été menée en bateau. Pire que ça, le docteur Dussailli l'avait mise mal à l'aise dès le premier contact sans qu'elle puisse réellement comprendre pourquoi. Elle avait croisé bon nombre de criminels depuis son entrée dans la police judiciaire, mais la plupart d'entre eux étaient facilement identifiables. Qu'ils avancent masqués ou pas, leur instinct de prédateur finissait toujours par les trahir. Dans le cas de Dussailli, elle ressentait tout autre chose. Il était tellement à l'aise dans son rôle de chirurgien, tellement rassurant et aimable qu'il dégageait une sorte de sympathie immédiate difficile à percer. Pouvait-il être le personnage toxique décrit par Clara Delattre dans son

journal intime ? Rien ne le désignait directement et pourtant Rhonda n'arrivait pas à l'exclure de la liste des suspects.

Elle longea le grillage en fer protégeant les verrières du palais et se retrouva à la sortie du parking où deux gardiens de la paix montaient la garde. C'est là qu'elle aperçut la large silhouette de Tomar installée contre la selle de sa moto. Il regardait dans sa direction et lui fit un signe de la main pour qu'elle s'approche – ce qu'elle aurait fait de toute façon. Ses yeux sombres étaient cernés et son visage évoquait une nuit sans sommeil – sans doute pas la première. Ils n'avaient pas réussi à se parler depuis sa mise à pied et Rhonda sentit son rythme cardiaque s'accélérer alors qu'elle le rejoignait enfin.

— Putain, tu réponds jamais au téléphone !

— Désolé, dit-il en baissant les yeux. J'avais pas tellement envie de discuter.

— Comment tu vas ?

— Ça va. J'ai peut-être un peu trop bu hier soir.

— Tu m'étonnes. Qu'est-ce qui s'est passé avec Metzger ?

— Ce qui devait arriver. Ils ont des biscuits contre moi dans l'affaire Belko.

— Sauf que tu n'y es pour rien.

— Ouais… Et toi comment ça va ?

— Elle m'a bombardée chef de groupe… juste le temps que ça se tasse.

En prononçant ces mots, elle sentit les larmes monter. Et si ça ne se tassait pas ? Et si Tomar était déclaré coupable du meurtre d'Antonin Belko ? Elle perdrait l'homme qu'elle aimait et bien plus encore… Comment pourrait-elle continuer après ça ?

— Tu la mérites cette promotion, depuis longtemps. Et ça n'a rien à voir avec ma mise à pied.

Malgré la gravité de la situation, ces mots d'encouragement lui réchauffèrent le cœur. Elle qui depuis toujours essayait de faire ses preuves avec le sentiment qu'on ne reconnaissait pas ses qualités. Tomar lui avait servi de mentor avant de devenir son amant. Fallait-il en passer par là pour qu'elle puisse exister ?

— Tu en es où ? questionna Tomar.

— J'ai le chirurgien dans le collimateur, Dussailli… On n'a pas vraiment d'éléments sur lui, mais Dino fouille en profondeur. Ça ne devrait pas tarder à porter ses fruits. Enfin j'espère parce que sinon on est à poil.

— Tu vas y arriver.

— À quoi ?

— À comprendre pour quelle raison cette femme s'est suicidée. À donner un sens à tout ça. C'est ton affaire, tu l'as dans les tripes depuis le début.

Rhonda se rapprocha de lui et, en un instant, posa ses lèvres sur les siennes pour échanger un long baiser. Derrière eux les deux gardiens de la paix n'en perdaient pas une miette, mais Rhonda n'en avait rien à faire. À cet instant précis seul comptait le fait de retrouver l'homme qu'elle aimait. Ils restèrent collés l'un contre l'autre un moment avant qu'elle ne se décide à quitter ses bras.

— Et toi, qu'est-ce que tu fais ?

— Je bosse pour moi… J'peux pas demander à Metzger de le faire à ma place.

— C'est-à-dire ?

— Moins tu en sais, mieux tu te portes. Tu m'as déjà suffisamment couvert depuis le début.

— Arrête, Tomar. On est une *team*.

— Bien sûr… Mais c'est à moi de m'en occuper et d'assumer mes conneries. Je t'ai promis quelque chose après la mort de Belko… Je vais tenir ma promesse, conclut-il d'un ton assuré.

40

BINGO ! Les infos réunies par Dino lui faisaient l'effet d'une bombe. Rhonda parcourait les feuillets imprimés qu'il lui avait laissés sur son bureau en jubilant intérieurement. Elle le tenait, ce salopard ! Après avoir effectué les vérifications d'usage dans les différentes cliniques où André Dussailli avait exercé, Dino était tombé sur un chef d'établissement qui l'avait orienté vers le Conseil national de l'Ordre des médecins. Connaissant la réticence du Conseil à coopérer avec la police, Dino avait préféré appeler directement le référent pour la région Occitanie et, en lui tirant les vers du nez, avait réussi à ouvrir la boîte de Pandore.

André Dussailli était visé par pas moins de dix plaintes dans différents hôpitaux de Perpignan et de sa région. Des plaintes émanant autant de son équipe médicale que de ses patients et relatant des faits de harcèlement moral et même physique dans deux cas distincts. Un point commun entre tous les dossiers sans même avoir à les disséquer : toutes les plaignantes étaient des femmes. Aucun de ces dossiers n'ayant abouti à un dépôt de plainte officiel auprès de la police, Dussailli était passé entre les mailles du filet et on lui avait fait comprendre qu'il valait mieux disparaître. Voilà ce qui expliquait son déménagement parisien et la rupture avec sa vie précédente. Nouvelle ville, nouveau terrain de jeux, loin des casseroles qu'il laissait dans le Sud, à commencer par le cadavre de sa femme.

Quand Dino avait demandé la raison pour laquelle le chirurgien n'était pas sous le coup d'une mesure disciplinaire, son interlocuteur s'était mis à bafouiller, arguant qu'aucune des plaintes n'avait eu de suites judiciaires. Il fallait déjà s'estimer heureux d'avoir exhumé ces témoignages avant qu'ils ne disparaissent dans l'oubli.

C'était une avancée importante dans leur enquête, mais il restait un écueil majeur. Éplucher chaque dossier individuellement nécessiterait un boulot de dingue. Il allait falloir rencontrer les plaignantes, recueillir leur version des faits, vérifier les infos sur place… Une opération de grande envergure généralement réservée aux affaires criminelles. Or Clara Delattre n'était qu'une femme s'étant donné la mort, une goutte d'eau dans le bassin de l'indifférence. Tout le monde en avait conscience dans le groupe et, malgré l'euphorie de cette découverte, il planait dans la pièce une morosité se lisant dans chaque regard. Alors quoi, on savait que ce mec était un salaud et on ne pouvait rien y faire ? Rhonda sentait la rage monter, cette colère animale qui grondait depuis le début de l'affaire. Elle n'abandonnerait pas si près du but, *NO WAY* !

— Je m'en occupe, dit-elle en quittant le bureau au pas de charge.

Elle prit l'ascenseur pour rejoindre le souterrain menant au palais de justice puis grimpa les étages d'un pas rapide. Une seule personne pouvait faire la différence et leur donner les moyens suffisants, et il se trouvait que c'était la fille qui voulait mettre Tomar derrière les barreaux : Ovidie Metzger.

Rhonda allait devoir marcher sur des œufs une fois de plus, mais elle ne pouvait pas se résigner à laisser tomber. Cinq minutes plus tard, elle frappait au bureau de la proc sans passer par la case secrétaire et se retrouvait assise face à la jeune femme. Metzger la fixait de ses yeux d'ange qui lui semblèrent bien étirés par la fatigue. Elle non plus ne comptait pas ses heures et à en juger par la pile de dossiers accumulés sur sa table, les vacances n'étaient pas au programme de ce mois d'août.

Après les salutations d'usage, Rhonda lui raconta tout le dossier, depuis ses soupçons sur Mendez jusqu'à la découverte du journal intime et sa rencontre avec Dussailli. Bien entendu elle garda le meilleur pour la fin avec les dix affaires à décortiquer et la nécessité de lui allouer des moyens supplémentaires pour le faire.

— Impossible.

La réponse tomba claire et nette, comme une balle qui déchire la chair.

— Alors quoi ? On laisse tomber ? s'indigna Rhonda.

— Je n'ai pas dit ça. Vous me demandez de mobiliser des ressources que je n'ai pas pour une affaire qui, de toute manière, ne rentre pas dans les cases.

— Un chirurgien qui harcèle ses patientes au point qu'elles se suicident, c'est pas vendeur ça ?

— Déjà UN, on n'en a pas la preuve, et DEUX, non c'est pas vendeur. C'est un nid à emmerdes.

Le visage d'Ovidie Metzger s'était fermé et Rhonda observa le serpent tatoué sur le corps noueux de la proc en ayant l'impression que ses anneaux ondulaient.

— Mais je veux la peau de ce Dussailli tout de même, continua-t-elle à la grande surprise de Rhonda. Je veux sa peau, car je crois en votre théorie et en votre instinct, lieutenant. Je suis certaine que cette femme n'est pas morte pour rien et c'est à nous de lui donner la parole.

Rhonda n'en croyait pas ses oreilles. Voilà qu'elle lui balançait des compliments. Son regard décidé lui montrait à quel point elle aussi sentait la colère gronder dans sa poitrine.

— Comment on s'y prend alors ? interrogea Rhonda.

— Je ne sais pas, mais je vais vous présenter quelqu'un. C'est la seule personne à pouvoir nous aider dans ce genre de dossier.

41

Un air de guitare aux accords mélancoliques s'échappait d'une fenêtre quelque part aux alentours – *La Mer* de Django Reinhardt ou un morceau du même genre. Ara s'était installée à la terrasse du Carillon, rue d'Alibert. À cette heure de l'après-midi, le soleil épargnait quelques tables, dont celle où elle avait ses habitudes. Un bon roman policier à la main, elle profitait du peu d'air qui circulait, brassé par les voitures longeant l'enceinte de l'hôpital Saint-Louis. Ahmed, le gamin qui faisait le service en journée, s'était déjà inquiété plusieurs fois qu'elle ne manque de rien en lui apportant son thé glacé. Il ne savait pas de quel bois elle était faite. La canicule parisienne… une rigolade pour ce petit bout de femme qui avait survécu aux étés brûlants du désert iranien comme aux hivers des montagnes d'Irak. Ce n'est pas la chaleur du bitume qui allait avoir raison d'elle.

Quatre-vingt-deux ans… elle n'avait pas vu

le temps passer. Depuis sa jeunesse dans les rues d'Istanbul, son exil avec ses sœurs combattantes et son arrivée en France, jusqu'à la naissance de ses enfants, tout cela s'était écoulé en un instant. La vie était ainsi faite que la petite fille du quartier Fathi pouvait se retrouver dans la capitale des lumières à profiter sans autre souci que d'attendre l'heure du coucher. Pourtant des soucis elle en avait eu dans son existence. La pauvreté, la guerre, la prison, la mort… tout cela elle l'avait traversé sans jamais perdre espoir. Et puis plus tard, alors qu'elle s'était crue à l'abri, la violence d'un mari sur ses propres enfants. C'était cela qui lui avait laissé les cicatrices les plus profondes. Mais l'homme n'était plus là et les enfants avaient grandi. Tant bien que mal, forgés par le monde sans pitié des adultes.

— Ça va, madame Khan ?

— Oui, Ahmed, tout va bien…

Il y eut un bruit de pétarade et le serveur jeta un regard inquiet par-dessus son épaule vers la rue. C'était ici même que, quelques années plus tôt, les bouchers salafistes avaient massacré des dizaines d'innocents, transformant le quartier en nécropole. Ce genre de blessures ne se refermait jamais complètement.

— Ce n'est rien, Ahmed, juste des enfants qui s'amusent, dit-elle pour le rassurer.

Et Ara savait de quoi elle parlait. Elle se souvenait très bien de ce soir de novembre 2015 où les fusils d'assaut avaient craché la mort. On ne pouvait pas imaginer le son d'un fusil avant de l'entendre réellement, mais c'était ensuite impossible de l'oublier ou de le confondre.

Elle paya l'addition et prit le chemin la menant à son appartement en saluant au passage la petite serveuse d'un restaurant spécialisé dans le poké japonais récemment installé dans la rue. Elle connaissait la plupart des commerçants du quartier et se faisait un point d'honneur à accueillir les nouveaux venus en venant « essayer ». Même s'il fallait bien avouer que le poké n'était pas trop son truc – pas assez d'épices. Arrivée en bas des marches – cent vingt-cinq exactement –, elle souffla un bon coup et commença l'ascension en s'agrippant à la rambarde. Une fois au premier, elle s'arrêta quelques secondes pour prendre sa respiration et entendit un hurlement en provenance de l'étage supérieur. Son cœur se serra en reconnaissant la petite voix d'enfant et les sanglots étranglés. Une porte claqua fort au point de résonner dans toute la cage d'escalier et des pas lourds dévalèrent les marches. Un homme plutôt fluet portant une chemise à carreaux et une tignasse rousse la croisa sur le palier. C'était donc lui le mari violent. Cette petite chose qu'elle aurait brisée en deux dans ses vertes années. Au moment où il fut près d'elle, Ara sentit une bouffée de haine l'envahir et pensa une seconde à le pousser. Quelque chose d'imperceptible dut atteindre l'homme, car il s'arrêta et la dévisagea.

— C'est vous qui habitez au-dessus ? dit-il d'une voix forte.

— Oui c'est moi.

Il avait des yeux sombres, aussi sombres que ceux de son ex-mari, aussi sombres que ceux de tous les connards qui battaient leurs femmes. Ce n'était pas une question de couleur, c'était leur âme qui avait perdu la lumière. Elle pouvait lire sur son visage à quel point il la détestait pour oser se dresser face à sa domination – *baisse les yeux salope !* Mais non. Jamais plus elle ne plierait face à la volonté d'un tortionnaire. Ils échangèrent un long regard ressemblant à un bras de fer et elle finit par avoir raison de lui. Il détourna les yeux sans un mot et reprit son chemin. Et alors qu'elle continuait à gravir les marches pour rejoindre son appartement, elle sourit de cette petite victoire.

42

Isabelle Mellinsli, avocate. Sa carte était sobre et élégante, tout comme la jeune femme d'une quarantaine d'années se présentant à la table du café où Rhonda lui avait donné rendez-vous. Une entrevue en urgence qu'elle lui avait accordée sans problème lorsqu'elle avait donné le sésame Ovidie Metzger. Visiblement les deux femmes se connaissaient bien et partageaient une estime commune dépassant le cadre du travail.

Maître Mellinsli ressemblait à un chat, elle avait ce petit côté Audrey Hepburn fragile et désarmant cachant les griffes acérées de son intelligence. D'après ce que Rhonda avait pu obtenir comme renseignements sur elle, c'était une spécialiste des affaires concernant les violences faites aux femmes. Elle officiait en audience à la 10e chambre du tribunal correctionnel et on la disait redoutable. Rhonda lui avait exposé le dossier dans son intégralité en s'attardant sur tous les éléments qu'ils possédaient sur André Dussailli et son passé douteux.

— Vous en tenez un, visiblement, conclut sobrement l'avocate quand Rhonda acheva son récit.

— Un quoi ?

— Un pervers qui aime faire du mal aux femmes… un meurtrier psychique.

Meurtrier psychique. Le terme était violent, mais résumait parfaitement le sentiment que Rhonda ressentait depuis le début de cette affaire. C'était bien d'un crime qu'il s'agissait. Un crime masqué sous l'apparente banalité d'un suicide dont personne ne se souciait.

— Une femme meurt tous les trois jours sous les coups de son conjoint, mais les statistiques ne tiennent pas compte de toutes celles qui se donnent la mort à cause des violences psychologiques qu'elles subissent. Votre affaire semble absolument entrer dans ce cadre… Cette femme qui s'ouvre les veines dans une piscine pour témoigner de sa souffrance. On appelle ça un suicide forcé.

Pour la première fois, quelqu'un posait les mots justes sur la somme des intuitions et des faits mis en évidence par son travail et Rhonda n'osait pas l'interrompre.

— Ce que vous avez fait avec votre enquête, c'est une autopsie psychologique, nous sommes quelques-uns à essayer de la rendre obligatoire dans ce genre d'affaires. Pourtant ça reste en marge, car la police n'a ni la formation ni le temps de s'en occuper. Mais ce que vous me décrivez de cet homme correspond parfaitement aux profils que je croise tous les jours dans mes dossiers.

— Et comment ça se déroule en général ?

— Toujours le même schéma. D'abord la rencontre… Alors là le type est un véritable prince charmant. Il la joue dans la fusion, l'osmose… vu de l'extérieur c'est limite oversizé. Il va l'inviter au restaurant, en voyage, lui faire des cadeaux, se porter volontaire pour toutes sortes de corvées… le rêve, quoi… mais ça ne dure qu'un temps. Après il passe à la deuxième étape… l'isolement. Il commence à dénigrer tous les proches de sa proie, à faire en sorte qu'elle ne sorte plus, qu'elle ne puisse pas demander d'aide, ni à sa famille ni au corps médical… et puis il s'attaque réellement à elle. En détruisant son estime de soi le plus souvent, et en y associant des violences physiques. Son but est de l'objectiver, de la mettre à sa merci pour mieux la contrôler et jouir de cette toute-puissance. Lorsque la relation est longue, il reboote le cycle en redevenant un amour, histoire d'assouplir un peu la pauvre fille avant de recommencer à la laminer… alors on comprend que dans certains cas elle pense au suicide et passe à l'acte.

— Mais pourquoi ces femmes ne partent-elles pas immédiatement, dès les premières violences ?

— C'est l'argument ultra-classique qu'on oppose très souvent à celles qui portent plainte. Simplement, car elles sont sous l'emprise de leur conjoint, elles ont honte de se laisser malmener de la sorte et de l'image que cela risque de renvoyer aux autres. Et aussi, car ces pervers ne choisissent pas n'importe quelle victime. Ils vont s'en prendre à des femmes qui ont déjà des failles et s'engouffrer dedans. Dans la plupart de mes affaires, les plaignantes ont une mauvaise estime d'elles-mêmes avant de les rencontrer. Elles ont également subi des maltraitances sous une forme ou une autre dans leur vie de femmes, qui les rendent plus vulnérables. Ces mecs sont des charognards.

Rhonda essayait de faire coller cette histoire avec les pages du journal intime. Tout s'emboîtait parfaitement, Clara Delattre avait connu l'enfer d'une relation toxique l'ayant menée à la mort. En pensant à André Dussailli, un sentiment de dégoût profond se mélangea à la rage. Il fallait qu'elle arrête ce salopard à tout prix.

— Et comment je fais pour interpeller un pervers pareil ?

— C'est là tout le problème, lieutenant. Souvent, la justice possède un ensemble de pièces, un faisceau d'indices et de témoignages… mais ça ne suffit pas dans la sphère privée. Le législateur est toujours très frileux à intervenir dans la vie intime des gens. Par exemple, le suicide forcé est déjà en partie reconnu dans le droit du travail. Il y a même eu des condamnations pour homicide involontaire concernant des victimes de harcèlement en milieu professionnel… mais dans le privé c'est autre chose. Pour tout vous dire, il n'y a pas de qualification juridique à ces crimes. Nous sommes un certain nombre à faire du lobbying pour qu'on reconnaisse au moins à ces victimes les

« violences volontaires ayant entraîné la mort sans intention de la donner »… mais même cela, ce n'est pas acquis ! Alors ces salopards s'en sortent. Ils sont mis en examen, vont au tribunal, mais il n'y a pas de condamnation possible. Et s'ils sont un peu connus du grand public ou respectés dans leur milieu, c'est encore pire… Ils profitent de leur procès pour dénigrer leur victime et retourner la faute contre elle, souvent en la traitant de folle ou d'hystérique. C'est la double peine pour les familles qui non seulement ne reçoivent ni reconnaissance ni réparation, mais voient la mémoire de leur proche traînée dans la boue. Parfois même en première page des magazines.

— Y a bien un moyen de les coincer.

— À part des aveux… ce qui n'arrive JAMAIS, je ne vois pas…

— C'est pas possible…

Un grand sourire traversa le visage de maître Mellinsli alors qu'elle lisait le désarroi et la colère dans les yeux de Rhonda.

— Il faut se serrer les coudes… c'est ce que nous avons de mieux à faire pour que ça change. Des gens comme Ovidie ou comme vous, ce sont eux qui finiront par faire bouger les choses. On doit continuer à se battre même si c'est contre des moulins à vent. De plus en plus de juges sont sensibles à ce genre d'affaires, il suffit d'une brèche pour faire jurisprudence et des milliers de cas vont émerger de la masse. La société est prête à les entendre, ces femmes qui crient leur douleur…

Celles qui pleurent sous l'eau… Rhonda ne savait pas quoi penser de cet entretien. D'un côté elle avait désormais la certitude qu'elle tenait le coupable et que son enquête s'arrêtait là. De l'autre elle n'avait aucun moyen d'envoyer ce criminel derrière les barreaux. Et puis Ovidie Metzger, la fille qui voulait la peau de Tomar, devenait une alliée précieuse dans une forme de sororité qu'elle n'avait jamais envisagée. Comment gérer tout ça ?

— Commencez par envoyer à votre chirurgien une convocation pour le faire venir dans vos locaux… ça va le déstabiliser. Vous verrez bien ce qui en ressort.

Je te rappelle, je t'aime... les mots d'André Dussailli au téléphone revinrent brusquement à l'esprit de Rhonda. Et s'il avait déjà recommencé son cycle infernal en jetant son dévolu sur une nouvelle victime ? Meurtrier psychique, c'était donc après ça qu'elle en avait. Peut-être qu'il était déjà trop tard…

43

Concentre-toi ! Dussailli avait du mal à suivre le fil du protocole. Entre les murs bétonnés du bloc opératoire, sa patiente était endormie, un masque à oxygène sur le visage. Son bras était étendu en biais et sa main reposait sur un coussin de compresses. C'était une intervention bénigne consistant à ouvrir le canal carpien puis à sectionner le ligament antérieur pour réduire la pression sur le nerf médian. Il l'avait pratiquée des centaines de fois. Sauf qu'aujourd'hui il se sentait menacé. La police dans son bureau ? Comment était-ce possible ? Depuis son départ de Perpignan et son installation à Paris, il avait toujours pris soin d'éviter d'attirer l'attention sur lui. Il se souvenait de la petite Clara et de ses rêves d'amour romantique. Il l'avait aimée lui aussi, à sa façon…

Une rapide incision au scalpel dans la paume et l'infirmière écartait déjà les chairs avec une pince pour lui permettre d'aller chercher le bon ligament.

Il ne s'écoulait presque pas de sang – c'était une particularité de ce type d'intervention –, et il aurait pu réaliser la suite les yeux fermés. Il prit une paire de ciseaux pointue et la glissa sous la peau, remontant en direction du poignet pour créer un peu d'espace et dégager la tuyauterie. Une sorte de fil blanchâtre apparut dans la plaie, un tendon qu'il devait écarter à la pince pour accéder à la gaine du canal carpien.

Sa concentration s'envola alors que le visage de Nathalie, sa nouvelle conquête, lui phagocytait la rétine. « Je t'aime », répétait-elle en boucle allongée à côté de lui, le corps nu et ruisselant de transpiration. Il l'avait rencontrée quelques semaines plus tôt, l'avait emmenée pour un week-end dans un riad de Marrakech et elle parlait déjà de venir s'installer chez lui. André savait y faire pour vendre du rêve, c'était même son talent principal. Mais il était aussi très doué pour les cauchemars…

— Il y a un problème, docteur ? demanda l'infirmière d'une voix hésitante alors que le ciseau restait planté dans la main de cette pauvre fille.

— Aucun problème…, répondit-il en terminant l'opération.

Son absence passagère avait suffi pour qu'il tranche un peu trop profondément dans la chair et la plaie s'était considérablement élargie. Il jeta un œil rapide vers le visage de sa patiente, une jolie femme d'une quarantaine d'années. Elle souffrirait sans doute quelques mois de plus pour s'en remettre, mais en s'appliquant sur les sutures, sa motricité ne serait pas réduite. Après tout, la chirurgie était un art et porter la marque d'André Dussailli devait se payer d'une manière ou d'une autre. Non, il n'y avait vraiment pas à s'en faire. Les flics n'avaient rien contre lui, ni eux ni personne. Son art s'exprimait au-dessus de leurs lois, il l'avait déjà prouvé de nombreuses fois. Et de toute manière, s'il sentait le vent tourner, il aurait toujours le moyen de disparaître sans éveiller les soupçons en allant, par exemple, rejoindre son fils en Angleterre. Personne n'irait le chercher là-bas. Et puis, les Anglaises étaient certainement des cibles de choix. Après tout l'Amour traversait les frontières…

44

— Le mec est trop stylé !

La Crevette fixait l'écran de son téléphone portable d'où s'échappait le son d'un gros rap bien hardcore. Ils avaient pris l'une de ses caisses, une BM dernier modèle qu'un de ses potes utilisait pour faire le Uber et écouler sa dope, et s'étaient dirigés vers la cité de la Capsulerie à Bagnolet. Assis sur le siège passager, Tomar tenait sur ses genoux le sac de sport contenant le paquet de résine de cannabis. À l'avant, Momo n'en menait pas large et son regard de fouine zappait tous les passants sur le trottoir.

Au niveau du métro Gallieni, la Crevette leva le nez de son écran pour leur demander de se garer – à l'arrache. La suite se ferait à pied, en prenant le « chemin de la défonce » qui partait du métro pour rejoindre le hall 25 en passant par le terrain où les dealers vendaient leurs bonbons H24. Il y a quelques années, les flics de la Sûreté territoriale avaient fait un beau coup de filet ici : cent cinquante mille euros, trente kilos de cannabis et un fusil à pompe qui avaient valu sept ans de zonzon à un caïd de vingt-neuf ans. Mais depuis le bizz avait repris de plus belle sous l'égide de Ranko. « On lui écoule jusqu'à vingt mille balles par jour », précisa la Crevette en remontant son bas de survêtement qui lui tombait au milieu des fesses. Vingt mille balles par jour. Ça expliquait sans doute le sentiment d'impunité qui régnait dans ce quartier où la drogue ne se donnait même pas le mal de se cacher.

Tomar et Berthier s'étaient retrouvés quelques heures plus tôt pour mettre leur plan en forme. Ils se pointeraient avec le matos, deux flingues et pas mal d'improvisation. En clair il s'agissait de passer les sécurités de Ranko puis de le choper direct pour lui faire cracher ce qu'il savait sur la mort d'Antonin Belko. Ils n'étaient absolument pas sûrs de la manière dont ils allaient opérer, mais c'était chaud et il y avait de fortes chances que ça se termine en brisant quelques mâchoires.

Momo se doutait que ça allait dégénérer et ils devraient également trouver un moyen de gérer la Crevette.

Face à eux, les silhouettes blanches de cinq grandes barres d'immeubles HLM d'une vingtaine d'étages se dressaient sous un ciel d'azur. La cité de la Capsulerie, eldorado des dealers, cauchemar des résidents qui avaient dû se résigner depuis longtemps à cohabiter avec le crime organisé. Ça se passait aux portes de Paris et, malgré les efforts des différents maires et la succession des chefs de l'État, rien ne changeait.

La Crevette émit un léger sifflement avec sa bouche alors qu'un gamin de dix ans déboulait sur son VTT. Un parmi les innombrables chouffeurs qui guettaient la moindre nouvelle tête pour avertir leur boss d'une descente éventuelle. La « chouffe », ça pouvait rapporter jusqu'à cinq cents euros par jour… pas mal pour un minot en âge de jouer au petit soldat. Mais comme disait IAM depuis des décennies, « petit frère a jeté ses soldats pour devenir un guerrier et penser au butin qu'il va amasser ».

Autre sifflement, autre sentinelle rassurée par la Crevette. Ils n'étaient pas loin du fameux hall 25 et Tomar se demanda si Ranko allait les accueillir dans un appart bizz ou en extérieur, ce qui compliquerait sensiblement leur plan. Sur le siège arrière de la voiture, il avait remarqué que la Crevette avait dissimulé un calibre dans son froc et il devrait gérer ça en évitant la casse, si possible, vu que lui aussi était mineur. Berthier semblait à l'aise malgré la situation, et avec ses lunettes de soleil et sa gueule burinée, il avait l'air d'un biker prêt à se bagarrer contre toute la cité en cas de besoin. En retrait sur le chemin, Momo inquiétait plus Tomar. Et s'il changeait d'avis et les donnait pour sauver sa peau ? Traiter avec un toxico avait ses limites et le risque d'une trahison de dernière minute n'était certainement pas à écarter. Pire, il pouvait très bien être déjà en train de les mener dans un piège.

Ils arrivèrent devant l'entrée d'une des résidences et la Crevette leur demanda d'attendre quelques minutes le temps qu'il aille taper la discussion avec les soldats de Ranko qui sécurisaient le hall. Berthier tourna la tête vers Tomar et il leva les yeux vers la barre où d'innombrables guetteurs devaient être en train de les observer. Momo s'alluma une clope et tira une longue taffe dans ses poumons avant d'expirer la fumée.

— Ça va les gars ? dit-il avec un ton indéfinissable.

— Et toi ? répondit Berthier.

— Ça ira mieux demain.

Ou pas, pensa Tomar en suivant du regard la Crevette qui revenait vers eux d'un pas rapide.

— OK c'est onb les filles… il va vous recevoir.

— Où ça ? Ici ?

— En bas… dans le parking.

C'était donc là qu'allait se jouer leur destin. En se dirigeant vers l'escalier défoncé menant aux entrailles obscures de la cité, Tomar se demanda s'il allait revoir la lumière du soleil.

45

La Crevette les avait menés au deuxième sous-sol jusqu'à un recoin composé de box en vis-à-vis le long d'une allée. L'équipe de Ranko avait disposé une rambarde en fer pour empêcher les résidents d'y accéder et une table de jardin entourée de chaises était installée au milieu de cet espace privatisé à la sauvage. Dans chaque parking, les dealers stockaient leur matos, l'armurerie en cas de besoin et une réserve de pognon toujours disponible pour faciliter les transactions. Ça se passait à la vue de tous et sous les yeux des caméras de surveillance détournées par leurs soins pour un contrôle du site H24. En dépassant la grille, Tomar remarqua une série d'écrans plats accrochés au mur d'un des box et renvoyant des images aériennes.

— La chouffe du futur, gros ! commenta la Crevette en leur expliquant qu'en plus de son réseau de gamins, Ranko s'assurait avec des drones.

Ça permettait d'élargir considérablement le périmètre et d'anticiper tout mouvement des flics.

Au fond de l'allée, un vieux canapé en velours rouge était à disposition dans l'attente du boss, qui n'allait pas tarder à les rejoindre. Manquaient plus que la table basse et les magazines et on se serait cru chez le toubib. Tomar compta pas moins de trois gars armés de pistolets-mitrailleurs type Skorpion. Avec la Crevette et Ranko en plus, sortir de ce souterrain vivant devenait un gros challenge. Un des mecs leur demanda de déposer leurs calibres sur la table et ils furent obligés de s'exécuter. *Un pas de plus vers la tombe*, se dit Tomar en essayant de visualiser chaque recoin de ce QG pour quand les choses allaient tourner au vinaigre.

Ranko finit par se pointer, avec son mètre quatre-vingt-dix, sa tignasse peroxydée et ses épaules de bodybuilder couvertes de tatouages. Le moins qu'on puisse dire c'est qu'il ne respirait pas la douceur et la joie de vivre.

— Quoi vous vouloir ? demanda-t-il avec un accent slave à couper à la machette.

Momo leur avait expliqué que c'était un Tchétchène qui avait servi chez les Spetsnaz et liquidé ses propres concitoyens avant de disparaître en Europe pour éviter la loi martiale. Pas vraiment le genre à rigoler ni à se laisser surprendre.

Tomar échangea un regard avec Berthier qui n'avait pas enlevé ses lunettes de soleil et se dressait face au géant le buste bien droit.

— Montre-lui le matos, lança la Crevette en faisant un signe de la tête vers le sac de sport que tenait Tomar.

Les cinq kilos de résine tombèrent sur la table et Ranko sortit un schlass de sa ceinture pour le plonger dans le paquet marron, histoire de s'assurer de la densité.

— C'est de la bombe, confirma la Crevette en le regardant faire.

— Combien toi vouloir ? fut la question logique qui suivit cette vérification d'usage.

— Dix mille…, répondit Berthier sans hésitation.

Il savait qu'à quatre-vingts euros les vingt grammes, Ranko pouvait facilement se faire le double.

— Huit, trancha Ranko.

Berthier hocha la tête et la masse tchétchène fit signe à un de ses sbires d'aller chercher l'argent dans la réserve.

— Toi pouvoir vendre combien ?

— Deux cents kil, tous les mois…

— Ça bien. Venir où ?

L'homme de main revint avec une enveloppe kraft dans laquelle se trouvait une liasse de biftons et posa son PM sur la table.

— Espagne… j'ai un deal là-bas. J'aime bien les tapas…

Berthier prit l'enveloppe et commença à recompter la thune. C'est à ce moment qu'il retira ses lunettes de soleil, signe dont ils avaient tous les deux convenu pour passer à l'action. Le temps sembla se suspendre alors que Berthier projetait les billets en l'air sous le regard médusé de Ranko et de ses sbires. D'un geste ultra-rapide, il saisit le pistolet-mitrailleur sur la table et braqua le canon sur le crâne du Tchétchène. Au même instant, Tomar envoya un violent coup de poing dans la tempe du gardien le plus proche et le son sourd de sa tête heurtant le béton du mur le rassura sur la qualité de son K-O. Il avait lui aussi récupéré l'arme et visait le dernier sbire dont les yeux étaient toujours fixés sur les billets.

— Toi vas mourir, menaça Ranko.

Pour toute réponse, Berthier passa dans son dos et lui donna un grand coup de pied derrière le genou pour qu'il s'accroupisse.

— Lâche ton flingue, connard, hurla-t-il au dernier gardien qui s'exécuta en se voyant braqué par les deux hommes.

Tomar sortit un rouleau de fil de fer du sac de sport et commença à accrocher les mains de tout ce petit monde sous le regard halluciné de la Crevette.

— Bordel, mais vous êtes ouf !

— Ta gueule, commenta Berthier en le visant à son tour. Va rejoindre les autres.

Momo restait en retrait, observant la scène sans y participer, déjà bien heureux d'être vivant.

Tomar avait presque terminé de neutraliser les gardes quand la Crevette prit la mauvaise décision. Dans un saut qui aurait sans doute réussi s'il avait été dans l'un de ses foutus jeux vidéo, il se jeta sur la table où se trouvait son flingue pour le récupérer. Sauf qu'ayant mal calculé la distance c'est le coin du plateau qu'il se ramassa en pleine tronche, brisant au moins l'une de ses dents, et envoyant valdinguer l'arme en l'air. Il ne fallut pas plus de répit à Ranko pour se redresser d'un bond et assener un terrible coup de tête à Berthier qui lâcha le PM sous la force de l'impact.

Débarrassé de la menace, l'ancien commando tchétchène enchaîna sur une série de crochets au menton de Berthier dont le visage était déjà couvert de sang. Tomar hésita à le fumer, mais s'il faisait ça, il perdait aussi toute chance de connaître la vérité. Il se jeta vers lui, réduisant la distance qui les séparait alors que le géant continuait à s'en prendre à son camarade. Le premier coup qu'il envoya lui fit mal aux mains tellement le mec était musculeux, mais il sentit qu'il avait visé juste, car la masse se retourna vers lui avec un rictus de douleur. Tomar se jeta, épaules en avant, déséquilibrant son adversaire qui roula au sol avec lui. Il frappa tout ce qui dépassait, mais l'homme se collait contre son corps pour se protéger et il sentit qu'il glissait comme un reptile étonnamment véloce pour son poids. Ce salopard devait faire du ju-jitsu brésilien ou un truc du genre qui risquait de coûter cher à Tomar. Comme pour confirmer ses craintes, une violente douleur commença à lui déchirer l'épaule alors que son adversaire pesait de tout son poids contre son articulation. Il n'était pas loin de la dislocation lorsque l'étreinte se relâcha d'un coup et que le crâne chauve du Tchétchène heurta le sien. Berthier se trouvait au-dessus de lui, il venait de lui assener un coup de crosse derrière la nuque l'envoyant au pays des rêves.

Tomar eut du mal à se relever, son épaule le faisait souffrir, mais ce n'était rien face à la tronche de son camarade dont le nez semblait plié sur le côté.

— Putain j'vais vous fumer, bande de connards ! entendirent-ils hurler depuis l'entrée de la zone.

La Crevette avait ramassé une arme et les braquait avec des éclairs dans les yeux et du sang qui lui coulait de la bouche.

C'était donc comme ça que ça allait finir ? Toutes ces années à échapper à la mort pour se retrouver plombés par un ado au fond d'une cave. Oui, c'était une fin aussi pathétique que le monde du crime dans lequel ils évoluaient. Pourquoi pas ?

Il y eut une déflagration et ils constatèrent qu'ils n'étaient pas morts. En revanche le pantalon de survêtement blanc de la Crevette commença à se teinter de rouge et il s'écroula sur le sol en hurlant de toutes ses forces. Momo se tenait derrière lui, un pistolet pointé dans sa direction. Le toxico avait finalement choisi son camp…

46

Nathalie Normand, c'était le nom que Rhonda avait réussi à récupérer en fouinant dans les comptes bancaires de Dussailli. Deux billets d'avion achetés sur ebooking à destination du Maroc et un week-end de luxe à La Mamounia – le grand jeu.

D'après sa page Facebook et son Instagram, la petite Nathalie venait de terminer ses études de médecine, c'était peut-être par ce biais qu'il l'avait rencontrée. Son fil d'actualité montrait une jolie fille souriante et pleine de vie et Rhonda s'était demandé si Dussailli avait eu le temps de l'empoisonner. Il était risqué de la contacter mais, en l'état, elle ne voyait pas d'autre solution et, surtout, elle ne voulait pas que cette fille finisse comme Clara. Alors elle lui avait passé un coup de téléphone pour lui dresser le portrait de son prince charmant et, après une heure d'entretien, elle ne savait pas si la jeune femme allait prendre tout ça au sérieux mais ça jetterait au moins le doute dans son esprit.

— Il est là, dit Francky en fixant l'écran de son téléphone portable.

Quelques minutes plus tard, Dino était descendu récupérer le docteur Dussailli à l'accueil et l'avait ramené dans le bureau en prenant soin de lui en dire le moins possible.

— Vous devez vous demander ce que vous faites là ? attaqua Rhonda en observant Dussailli qu'ils avaient installé sur une chaise en face du bureau central de Dino.

— J'imagine que ça a un rapport avec le décès de Clara, répondit-il sans hésitation.

— Effectivement… je ne vais pas tourner autour du pot, nous avons de nombreux éléments qui tendent à démontrer que vous avez eu une relation amoureuse assez longue avec la victime. Est-ce que vous confirmez ?

— Absolument pas, trancha net Dussailli sans sourciller. Comme je vous l'ai expliqué, Clara était une patiente… un peu collante. Mais je n'ai jamais répondu à ses avances. Je ne sais pas à quelles pièces vous faites allusion mais c'est forcément une erreur.

Rhonda bluffait mais elle n'avait pas d'autres moyens pour essayer de le faire parler. *Obtenir des aveux* était un exercice presque impossible avec un homme comme Dussailli. Ce mec était une créature aussi froide que la main qu'il conservait sous cloche.

— Si je fouille dans vos comptes et sur les réseaux sociaux je ne trouverai donc aucune trace de vous deux ?

— Fouillez tout ce que vous voulez, lieutenant. Je suis désolé que cette jeune fille se soit donné la mort… mais je ne vois pas quel rapport j'ai avec ce geste malheureux.

Elle hésita un quart de seconde et, croisant le regard chaleureux de Francky, elle se dit que c'était le moment ou jamais de lâcher les chevaux.

— Je pense que vous avez eu une relation avec Clara Delattre. Une relation toxique. Un peu dans le genre de celles que vous avez entretenues avec vos patientes à Perpignan. Ou celle qui a poussé votre femme à se suicider dans votre bureau… Je pense que Clara vous a aimé et qu'elle en a payé le prix… maximum.

Dussailli l'avait écoutée attentivement et s'était pris le visage dans les mains puis il avait redressé la tête en souriant.

— Je vois, je comprends mieux.

— Qu'est-ce que vous comprenez ?

— C'est du harcèlement. Vous n'avez absolument aucun élément qui m'incrimine et vous me harcelez sur la foi de quoi ? De faux témoignages de femmes hystériques.

— Hystériques selon vos dires, coupa Francky visiblement agacé par l'attitude hautaine du chirurgien. Nous avons au moins une dizaine de témoignages qui vous désignent directement comme un prédateur sexuel.

— Des témoignages qui n'ont jamais pu être vérifiés et qui proviennent d'anciennes patientes que j'ai soignées. Je vous l'ai déjà dit, lieutenant, dans ma position, je me retrouve souvent sollicité…

— Vous voulez dire que c'est vous qu'on harcèle ?

— Eh bien, je ne le formulerais pas comme ça mais oui… c'est ce qui s'est passé avec Clara Delattre.

Transformer les victimes en bourreaux… c'est exactement la stratégie qu'évoquait l'avocate que lui avait présentée Ovidie Metzger. Rhonda sentit son sang bouillir dans ses veines.

— Nous pensons au contraire que vous l'avez lentement mais sûrement poussée à voir la mort comme le seul moyen de sortir de vos griffes. On appelle ça un suicide forcé et c'est une forme indirecte d'homicide. Vous comprenez ce que je suis en train de vous dire, Dussailli ?

Le chirurgien planta ses yeux dans les siens et Rhonda n'y décela pas la moindre trace de crainte.

— C'est bien beau votre petit numéro mais on n'accuse pas les gens sans preuves. Et des preuves, vous n'en avez aucune.

À cet instant précis, Rhonda aurait aimé avoir le tempérament de Tomar. Elle aurait aimé bondir de sa chaise et lui coller son poing dans la figure pour voir disparaître ce petit sourire intérieur en brisant quelques dents au passage. Elle avait le coupable en face d'elle, des dizaines d'indices concordants et pour autant elle ne pouvait RIEN faire. Encore pire, elle se retrouvait condamnée à écouter ce salopard salir la mémoire de la fille qu'il avait menée à la mort, comme un ultime outrage.

— Et puis veuillez laisser ma femme en dehors de tout ça… Son suicide est une douleur que je n'arriverai jamais à effacer et qui n'a rien à voir avec celui de Clara… Ces accusations sont ignobles.

— Est-ce que vous étiez au courant que Clara Delattre avait pratiqué une IVG six mois avant son décès ? lança-t-elle comme une ultime bravade à la nonchalance du chirurgien.

— Comment voulez-vous que je le sois ? Et vous savez qui était le père ? C'est sans doute lui qu'il faudrait interroger.

Dino tapa cette dernière phrase en claquant le clavier de son ordinateur alors que Francky baissait les yeux en signe de repli. Non seulement il se foutait ouvertement de leur gueule mais il ne dirait rien, il était trop malin pour se confondre. Pour la première fois depuis le début de son enquête Rhonda sentit le découragement l'envahir. Ils avaient perdu.

47

Cinq minutes pour rassembler les hommes de main de Ranko dans un box et les bâillonner, cinq de plus pour faire un garrot à la Crevette et essayer de l'empêcher de hurler comme un cochon, ce qu'il avait finalement accepté de faire en fixant le canon du Glock que Momo pointait sur son front.

— On va t'fumer, connard ! T'es mort, vociférait-il entre ses dents à l'intention du toxico.

Momo n'en avait plus rien à foutre. Tout ce qui l'intéressait maintenant, c'était de se barrer au soleil avec sa chérie. Loin de toute cette merde.

Berthier n'avait pas vraiment la tête d'un jeune premier. Il s'était redressé le cartilage du nez en l'étirant entre ses doigts, mais la fracture était nette et il pissait encore le sang sur les poils blancs de sa barbe. « Ça fait dix fois que j'me le pète, ce blaise à la con » fut sa seule remarque sur le sujet.

Ils avaient amené Ranko dans un box, l'avaient attaché sur une chaise et Berthier s'apprêtait à lui faire subir un interrogatoire en règle façon moyenâgeuse. Tomar n'aimait pas ça, il avait beau avoir du mal à gérer sa violence et une manière bien à lui de rendre la justice, l'idée de tabasser un gars dans un sous-sol de parking pour obtenir des aveux dépassait largement la ligne. Même si le gars était une ordure de premier ordre qui avait déjà envoyé bon nombre de gus dans l'au-delà. La violence était-elle une réponse à la violence ? C'était tout le foutu dilemme de sa vie et ça se répétait encore et encore. Mais il était trop tard pour penser à ça et disserter sur le sujet. Le Tchétchène était sans doute la seule personne qui pouvait lui confirmer si oui ou non il s'était débarrassé d'Antonin Belko pour couvrir ses arrières. Ça se passait maintenant dans cette cave et il n'aurait plus jamais d'autre occasion.

Berthier réveilla le colosse en lui mettant quelques claques. À l'extérieur du parking, la Crevette continuait d'insulter Momo qui le tenait toujours en respect.

— Vous imbéciles, furent les premiers mots prononcés par Ranko lorsqu'il eut complètement repris connaissance.

Et puis il aperçut les objets que Berthier avait ôtés du sac de sport et disposés méticuleusement sur la table. Il y avait un flacon de sel « La Baleine bleue », un autre de poivre, une petite poche en plastique contenant une poudre rouge et une cuillère à café. Berthier passa derrière lui et attrapa ses cheveux pour lui pousser la tête en arrière avant de coller ses paupières vers le haut avec deux gros bouts de Scotch marron. Ranko se débattit, mais l'étreinte de Berthier était trop forte. Alors il se calma et l'écouta poser ses questions. Ils voulaient savoir ce qu'il était allé faire dans le 16e arrondissement de Paris et surtout pourquoi il connaissait Antonin Belko.

— Vous trompez… Jamais aller là-bas.

Il se tenait maintenant le visage déformé par le Scotch, les yeux grands ouverts comme une poupée d'horreur.

— OK, connard, alors je t'explique le programme, précisa Berthier. Le sel dans les yeux ça fait mal… moins que le poivre… et beaucoup moins que le piment de Cayenne.

Tomar sentit une boule se former dans son estomac. Il n'aurait jamais cru son mentor capable de ce genre de torture. Où est-ce qu'il avait appris ça, lui qui restait si discret sur ses années de service opérationnel dans l'armée ?

— Pour la cuillère pas besoin de te faire un dessin, conclut Berthier en attrapant la boîte de La Baleine bleue et en vidant une bonne dose dans la paume de sa main gantée.

Il se rapprocha rapidement et colla une poignée de sel dans l'œil gauche du géant qui commença à hurler de douleur en pleurant.

— Tu vas chialer, mon pote ! dit-il en lui passant un bâillon pour éviter qu'il n'ameute d'autres sbires.

Dans le couloir, la Crevette ferma instantanément sa bouche, conscient de ce qui était en train de se dérouler et pas très chaud pour subir le même sort.

— Alors tu vas tout nous raconter ou on continue ?… Bon, tu sais quoi, on va passer à la suite directement par principe, ça me fait plaisir.

Et Berthier répéta l'opération avec le poivre, obtenant le double de cris de douleur. Ils attendirent que les hurlements se calment pour retirer le bâillon et reprendre l'interrogatoire.

— Salopards ! Moi vous tuer ! Moi tuer vos familles !

Tomar commença à douter de la réussite du procédé en voyant Berthier revenir avec la poudre de piment. Le mec était un vétéran des guerres sales de Poutine. Il avait sans doute pratiqué lui-même la torture de nombreuses fois et ils n'arriveraient pas à le briser.

Le piment lui fit un effet bœuf. Son visage devint absolument rouge écarlate et son œil se mit à gonfler au point que Tomar prit peur qu'il n'explose. Il fallait arrêter le carnage… Il était sur le point de dire à Berthier de laisser tomber – celui-ci étant déjà prêt à passer à la cuillère –, lorsque Ranko émit un long sanglot avant de hurler.

— C'est moi bordel ! c'est moi qui crever lui ! c'est moi !

Berthier enclencha la vidéo sur son portable et ils eurent droit à des aveux en règle sur cette fameuse journée où le caïd de Bagnolet avait fait une descente dans le 16e. Antonin Belko était un agent de l'IGPN, mais il avait aussi sa part d'ombre et une façon bien à lui d'arrondir ses fins de mois. Visiblement Ranko était venu discuter bizz et n'avait pas trop aimé les menaces du lieutenant qui souhaitait renégocier ses prix sur la came qu'il se proposait de lui refourguer. Il l'avait crevé sur le tapis de son salon en l'étranglant avec une seule main.

Les aveux du Tchétchène enlevaient définitivement le doute qui planait dans la tête de Tomar et une image furtive lui traversa l'esprit. Il se revoyait, au volant de sa moto, se garant en bas de chez Belko. Il l'avait appelé et ils étaient allés prendre un café dans un bistrot du coin. Tomar souhaitait s'excuser pour la veille, lorsqu'il l'avait menacé en le plaquant contre le mur. Voilà qui expliquait sa présence sur le lieu du crime.

Berthier tourna la tête vers lui et remit son bâillon au Tchétchène.

— Faut nettoyer et se barrer fissa, dit-il en jetant un œil vers la Crevette qui continuait à pisser le sang malgré le garrot.

Tomar sentit une vibration dans la poche de sa veste et sortit son téléphone sur lequel une bonne dizaine d'appels en urgence clignotaient. Il écouta sa messagerie et son esprit se vida d'un coup, comme s'il venait de recevoir un choc violent à l'arrière du crâne.

48

Il leur fallut moins de trente minutes pour rejoindre les urgences de l'hôpital Saint-Louis. Berthier avait tapé dans la caisse des dealers pour offrir à Momo sa nouvelle vie. Vingt mille balles, c'était le prix de la trahison et son ticket pour le soleil. À l'arrière, la Crevette gémissait comme un nouveau-né en se tenant la jambe et vu son teint livide, il ne fallait pas tarder à le déposer dans un hosto. Berthier ne s'inquiétait pas trop pour lui. Il ne savait pas qu'ils étaient flics et, surtout, il ne risquait pas de vouloir ébruiter que c'était lui qui avait entraîné Ranko dans sa chute.

Tomar quitta le véhicule en saluant son camarade dont la face ne cessait d'enfler. « J'm'en remettrai… tiens-moi au courant » furent ses dernières paroles avant de reprendre sa route pour déposer les deux autres.

Tomar avait un mal de chien à l'épaule et sa jambe gauche le faisait souffrir au niveau du mollet, mais la douleur importait peu en regard des mots prononcés par Francky sur son portable. « Bouge-toi le cul, Tomar… y a eu un souci avec Ara. Elle est mal… »

« Elle est mal ? » Qu'est-ce que ça pouvait vouloir dire exactement ? Il avait essayé de le joindre, mais son téléphone était coupé, tout comme celui de Rhonda. En traversant l'allée qui longeait les anciens bâtiments désormais classés monuments historiques pour entrer par le hall de l'aile récente, toutes les hypothèses s'alignèrent dans sa tête et l'angoisse brûlante qui ne le quittait plus depuis le parking monta encore d'un cran. Il venait de dépasser le carré de jardin jouxtant l'entrée lorsqu'il aperçut la silhouette de Francky fumant une clope devant la porte principale.

— Qu'est-ce qui se passe ?

Francky se retourna vers lui, il avait les traits tirés et d'épais cernes gris sous les yeux. Sa peau était si fine qu'on aurait pu voir ses veines si une barbe de trois jours ne les avait masquées.

— Putain t'étais où ?

Il fixa Tomar avec un air suspicieux, sans doute à cause de sa démarche boiteuse et d'un beau coquard que Tomar n'avait même pas remarqué.

— T'inquiète… vas-y, raconte !

— Les gars de la territoriale ont appelé au bureau vers 17 heures, dès qu'ils ont su que c'était ta maman. Elle a fait une chute dans l'escalier de son immeuble…

— Comment elle va ?

— Ils l'ont endormie pour lui faire des examens. Le docteur a dit qu'elle n'avait rien de cassé… mais elle va passer un scanner. Sa tête a heurté la rambarde… elle pourrait avoir un trauma crânien.

Tomar sentit l'angoisse se transformer en un sentiment de peur primale. Peut-être qu'il était déjà trop tard, peut-être qu'elle ne se réveillerait jamais. Il était une fois de plus occupé à régler ses problèmes pendant que ceux qu'il aimait souffraient. C'était sa faute, sa malédiction, son fardeau.

Francky dut se rendre compte qu'il moulinait dans sa tête, car il reprit la parole pour le rassurer.

— Tu sais que t'y es pour rien, hein… Elle va s'en sortir, ta maman, c'est un roc.

— Je peux la voir ?

— Elle se repose dans une chambre des urgences. Mais oui, dans quelque temps. Passe parler au médecin, il t'expliquera.

— OK.

Tomar se retourna pour prendre la direction de l'entrée, mais Francky lui posa une main sur l'épaule.

— Attends, y a autre chose…

Une sorte d'hésitation dans la voix de son camarade le mit immédiatement en alerte.

— Elle n'est pas tombée toute seule… visiblement c'est un voisin, un mec qui habite en dessous de chez elle, qui l'a poussée.

— Poussée ?

— J'ai pris la déposition de sa femme. Le mari

est violent, ta maman a voulu s'interposer dans une dispute et il l'aurait bousculée. C'est comme ça qu'elle est tombée.

Tu as peut-être raison… je m'inquiète pour rien, les mots de sa mère résonnèrent comme une détonation dans son crâne. La culpabilité le dévora, mélangée à la colère contre ce connard qui s'en était pris à Ara. Tout était en train de s'écrouler autour de lui, il se sentait comme un jongleur qui luttait désespérément pour rattraper des balles qui n'en finissaient pas d'apparaître entre ses mains. Une fuite en avant perpétuelle, c'est exactement comme cela qu'il aurait pu décrire sa vie. Il fallait que ça cesse d'une manière ou d'une autre.

— Les collègues ont déjà chopé le type et il sera condamné. Sa femme est prête à témoigner contre lui…

Francky connaissait bien Tomar, il savait la rage que contenaient les murs qu'ils avaient bâtis ensemble au fil des enquêtes. Il connaissait la carapace de flic que Tomar s'était forgée, avec ses points forts et ses failles parmi lesquelles Ara faisait office de talon d'Achille.

— Merci, dit Tomar en le prenant dans ses bras avant de s'engouffrer à l'intérieur de l'hôpital pour rejoindre les urgences.

49

Le noir partout autour de lui comme un goudron poisseux et opaque. Il avait tout juste une dizaine d'années et il pouvait percevoir son corps frêle se coller contre la paroi glacée du placard. C'était le seul endroit où il se sentait en sécurité. Combien de fois était-il venu s'y réfugier pour fuir la colère de son patriarche ? Le sol en lino était usé par l'acidité de ses larmes et il aurait juré entendre un bourdonnement, comme l'écho des nuits de pleurs qui s'étaient succédé dans ce sanctuaire dérisoire. Tomar détestait ce rêve. Il aurait voulu pouvoir l'effacer, comme toute la mémoire de cette enfance déchirée par la haine. Mais impossible d'échapper à son passé. Il ne pouvait que composer avec lui en essayant de faire bonne figure. On lui avait fait espérer en la résilience et il s'était cru capable de se réparer, comme un bon artisan de son propre destin. Mais c'était une chimère… une utopie entretenue par les psychologues pour rendre l'existence plus douce à vivre. Il n'y avait rien à faire. Il était infirme, son père l'avait voulu ainsi et malgré ses efforts il ne redresserait jamais la barre.

Les battants de la porte s'ouvrirent lentement et une intense lumière blanche jaillit vers l'intérieur, effaçant les ténèbres comme une gomme sur le fusain de ses angoisses. De l'autre côté se trouvait sa chambre d'enfant. Il la partageait avec son frère Goran, trop petit pour réaliser l'horreur se jouant entre ces murs. Au milieu de la pièce se tenait sa mère, recroquevillée sur elle-même, pleurant à chaudes larmes. Elle portait la robe noire qu'il lui avait toujours connue. Il lutta contre les ténèbres pour décoller son corps de ce linceul dans lequel il avait enterré ses rêves et son innocence d'enfant. Le visage d'Ara était ridé et le reflet de ses yeux bleus s'était dissous dans les perles de sel coulant le long de ses joues. Il se mit derrière elle et la prit dans ses bras, priant pour qu'elle résiste à l'impossible. *Je suis là, je suis avec toi*. Il essayait de lui parler, mais aucun mot ne passait le bord de ses lèvres. Il avait beau la serrer contre lui, une distance invisible les séparait. Il aurait voulu que leurs corps disparaissent pour ne laisser que leurs âmes et retrouver le lien qui les avait toujours unis envers et contre tout. « Je t'aime », lança-t-il comme un message dans le silence de cette étreinte au-delà du rêve. « Je t'aime, je t'aime, je t'aime », comme une formule magique capable de tous les miracles.

Mais rien ne se produisit et l'image de sa mère

disparut de son esprit tout comme le reste du décor. Il était seul dans un cube d'une blancheur irréelle dont les bords se confondaient avec les murs. Il cria de toutes ses forces et le son de sa voix se répercuta à l'infini, ne faisant qu'amplifier son sentiment de solitude. Et puis il y eut une sonnerie stridente et le cube vola en éclats alors qu'il commençait à ouvrir les paupières. Il était assis sur une chaise et se tenait au chevet de sa mère encore endormie dans son lit d'hôpital. Les médecins l'avaient rassuré. Ara se trouvait dans un état stationnaire. L'IRM avait confirmé une faible lésion cérébrale traumatique suite au choc de son crâne contre la rambarde de l'escalier. Il était trop tôt pour en mesurer les conséquences mais elle se réveillerait bientôt et il voulait être là pour elle, ne manquer sous aucun prétexte ce premier regard. À nouveau la sonnerie de son téléphone. Il fouilla dans la poche de sa veste pour le récupérer.

— Commandant Khan, interrogea la voix d'Ovidie Metzger, je peux vous parler ?

Il mit quelques secondes à s'extraire de sa stupeur pour lui répondre.

— Oui… je vous écoute.

— J'ai eu des informations qui peuvent vous intéresser… Alvarez m'a transmis une vidéo visiblement enregistrée dans une cave de la banlieue parisienne. On y aperçoit un caïd local procédant à des aveux concernant le meurtre du lieutenant Belko.

— Qui vous a donné ces images ? questionna Tomar sans sourciller.

— Envoi anonyme bien entendu. Mais d'après Alvarez ça pourrait être un concurrent de la personne incriminée… Vous n'avez pas idée de ce qui a pu entraîner ces aveux ?

— Je devrais ?

— Je ne sais pas…, répondit la proc sans ajouter un mot.

Ils s'étaient mis d'accord avec la Crevette pour qu'il balance Ranko. En échange, il devenait le plus jeune caïd de son territoire, ce qui, d'après Berthier, lui donnait une espérance de vie de quelques années. Momo le cracker était sans doute déjà loin ou il avait grillé sa thune dans du kif, ce qui revenait au même. Les destins brisés s'empilaient autour de Tomar, tout cela pour quoi ? Pour cet instant précis où il avait enfin une chance de se blanchir définitivement.

— Non je n'en ai aucune idée, répondit-il avec assurance.

— Très bien… Étant donné ces nouveaux éléments, j'ai annulé les mesures de suspension à votre encontre. Vous êtes de nouveau le bienvenu au Bastion, commandant Khan. Je pense que vos collègues seront heureux de fêter votre retour. Particulièrement le lieutenant Lamarck. Elle a fait de l'excellent boulot en votre absence…

— Je n'en doute pas.

La proc avait raccroché sans un mot de plus et

Tomar avait ressenti le même sentiment étrange que lors de leur première rencontre. Ovidie Metzger était trop maligne pour se laisser abuser par le stratagème qu'ils avaient mis en place. Pourtant elle semblait réellement heureuse de lui stipuler son retour et il ne savait vraiment pas quoi penser d'elle. Amie ou ennemie, il était trop tôt pour le dire. Demain il retrouverait son badge. Les murs du labyrinthe avaient finalement résisté, prolongeant encore un peu son intégrité mentale. Il reporta le regard vers sa mère et vint déposer un baiser sur sa joue. Finalement il y avait peut-être de l'espoir.

50

En poussant la porte du groupe 3, Tomar eut le sentiment de rentrer chez lui. Francky avait dû baisser les stores, car le bureau était plongé dans une semi-obscurité apaisante. Il eut d'abord l'impression d'être seul avant de comprendre que ses camarades s'étaient rassemblés silencieusement autour de son poste de travail où trônait un fraisier en forme de flingue – une idée de Dino – au sommet duquel se dressait une poignée de cierges magiques dont les étincelles commençaient à grésiller. « *Welcome back, boss !* » lancèrent-ils ensemble avant de lui tomber dans les bras en lui tendant un petit carton emballé de papier cadeau. À l'intérieur, sa carte de flic, son Glock et un chargeur réglementaire – la sainte trinité.

Et c'est ainsi que le commandant Tomar Khan reprit ses fonctions au 36, rue du Bastion. Francky s'empressa de déboucher une bouteille de champagne – « Il est 9 heures, mais on s'en tape » –, alors que Dino tranchait des parts en lorgnant la pâtisserie. Rhonda attrapa une coupe et trinqua avec lui – « au futur ». Et ils lui racontèrent en détail la manière dont la nouvelle proc les avait félicités pour leur travail sur l'affaire Clara Delattre malgré le fiasco de l'enquête. Pourtant Rhonda restait amère en lui expliquant que les pièces accumulées contre Dussailli ne suffisaient pas à déclencher la moindre procédure contre lui.

— Tu te rends compte, putain, y a juste aucun moyen de les coincer, ces salopards. Ils tapent leurs bonnes femmes, ils les poussent au suicide et… rien.

Et puis – il ne savait pas si c'était l'alcool à jeun ou l'ambiance un peu feutrée du bureau – elle l'attrapa dans ses bras et ils échangèrent un baiser rapide sans prendre la peine d'échapper au regard de leurs collègues.

— Les affaires reprennent à ce que je vois, plaisanta Francky en se servant une seconde coupe qu'il jura être la dernière. Pour une fois que mon ulcère me fout la paix !

Tomar sentit une douce chaleur l'envahir et il s'installa dans son fauteuil en observant Dino s'empiffrer des restes du fraisier. Il avait retrouvé sa famille et, même si l'avenir était incertain, ça lui allait.

51

19 h 30, le téléphone finit par sonner et la voix chaude de Tomar lui réchauffa le cœur. Ara reprenait peu à peu connaissance et Tomar avait même réussi à lui parler. D'après les médecins, elle était définitivement hors de danger.

— J'arrive, conclut Rhonda en quittant le bureau pour rejoindre la bouche de métro la plus proche.

Trente-cinq minutes plus tard, elle se trouvait en bas de l'immeuble de la rue Bernard-Lecache et sonnait à l'interphone pour retrouver Tomar dans son appartement. Elle lui tomba dans les bras et le serra fort comme s'ils ne s'étaient pas vus depuis des mois. Ils s'installèrent sur le canapé face à la baie vitrée grande ouverte donnant sur le périphérique. Au loin, on apercevait le monument de la place de la Nation et encore plus loin la tour Eiffel, minuscule flèche se dressant dans la lumière orangée.

Tomar lui expliqua à nouveau tous les détails que Francky lui avait transmis sur les voisins de sa mère et la manière dont l'accident s'était produit. Rhonda le rassura, tentant de minimiser sa culpabilité tout en sachant à quel point il en était incapable, lui qui était rongé depuis toujours par le terrible secret de son parricide. Alors elle parla d'autre chose pour essayer de lui changer les idées et se mit à raconter les derniers échanges avec Ovidie Metzger sur l'enquête et la confirmation que, malgré tout le boulot accompli, ils se dirigeaient vers une impasse juridique totale. La lumière incandescente de la révolte se ralluma dans les yeux de Tomar. Il y avait forcément un moyen de coincer ce salopard.

— Oui, mais lequel ? insista Rhonda.

Même s'ils possédaient assez de biscuits pour le mettre en cause, cela ne mènerait nulle part. Ce n'était pas lui qui avait tranché les veines de Clara Delattre. Aucun juge ne serait prêt à lui coller cette mort sur le dos.

En l'écoutant parler Tomar ne pouvait s'empêcher de penser à sa mère. D'après le témoignage de sa voisine, elle était descendue sonner à la porte lors d'une dispute et avait pris le mari violent à partie en le traitant de « petite chose fébrile ». À ces mots l'homme était devenu incontrôlable et l'avait poussée en arrière, entraînant sa chute, pour qu'elle se taise…

Elle l'a fait exprès ! En un instant Tomar venait de comprendre l'étendue du courage de sa mère. Non seulement elle n'avait pas hésité une seconde à se mettre en danger face à un homme violent mais elle l'avait fait VOLONTAIREMENT ! Qui mieux qu'Ara pouvait comprendre l'urgence de la situation et mettre en œuvre une solution radicale ? En la poussant, le mari se retrouvait sous le coup d'une tentative d'homicide, ce qui, avec son dossier judiciaire et la main courante que sa femme avait déposée, réglait définitivement le problème. Elle l'avait forcé à se compromettre !

— J'ai peut-être une idée, dit Tomar en se redressant sur le canapé. Tu m'as dit qu'il y avait quoi dans ce carnet exactement ?

— Des notes sur ses souvenirs d'enfance, et la description de sa descente aux enfers…

— Mais il n'est nommé nulle part ?

— Nulle part. Elle parle d'un homme, mais sans donner de précision. Ni son identité, ni son physique, rien… elle l'a volontairement occulté. D'après moi elle était tellement sous son emprise qu'elle ne voulait pas le compromettre.

— Mais lui, il ne le sait pas, ça…

La remarque de Tomar lui fit l'effet d'un rayon de lumière perçant le rideau des nuages.

— Qu'est-ce que tu veux dire ?

— Tu m'as expliqué qu'il n'y a a priori aucun moyen légal de coincer ce type.

— Non… au pire il va perdre son job à la clinique, mais il en trouvera un autre ailleurs. Et il recommencera, ça, j'en suis sûre.

— OK… alors va falloir se débrouiller différemment.

Ils se regardèrent comme deux comploteurs préparant un mauvais coup et mirent au point leur stratégie avant de faire l'amour dans la chaleur moite de l'appartement.

52

Je t'ai bien baisée salope, ça pulsait en boucle dans la tête d'André depuis son passage chez les flics et les questions vicieuses que la fliquette lui avait posées sur cette petite pute de Clara Delattre. Et pour couronner le tout, Nathalie ne répondait plus à ses appels ! Qu'est-ce qui pouvait passer par la tête de cette petite dinde pour oser le traiter de la sorte ?

Il se tenait dans la semi-obscurité de son bureau et il sentait la transpiration commencer à ruisseler le long de son dos, mouillant le tissu de sa chemise impeccablement repassée. Il regarda sa montre – cinq minutes avant le prochain rendez-vous –, et fixa la cloche qui trônait sur la table. La main semblait un peu plus recroquevillée qu'à son habitude, la peau décharnée luisant d'une blancheur irréelle. Les femmes sont faibles. Comment aurait-il deviné que la petite grimpeuse allait se foutre en l'air et éveiller les soupçons des flics ? Elle n'avait pourtant rien de particulier, cette fille. Il l'avait séduite, c'était aussi facile qu'avec les autres, il lui avait suffi de la réparer et de faire preuve d'un peu de gentillesse et de compassion. Et puis il l'avait attirée dans son lit et c'est là, dans l'enclave rassurante des draps, qu'il avait vu les failles et senti l'excitation grandir. Le reste n'avait rien d'original. Il avait attendu qu'elle soit bien accro pour prendre ses distances et commencer le travail de sape qui, petit à petit, lui avait fait perdre toute confiance en elle. Il n'avait pas de souvenirs ultra-précis des détails de leur relation, il préférait les oublier pour laisser place nette. Mais il se rappelait tout de même la fin de l'histoire, quand elle lui avait annoncé sa grossesse et qu'il l'avait forcée à avorter malgré ses réticences. Il se le rappelait, car c'était déjà arrivé avec sa femme – *ce vieux crocodile* –, sauf qu'elle avait plus de quarante ans et que c'était son ultime chance d'avoir un enfant. Toutes les deux avaient terminé de la même manière, au fond du trou, comme si ce sacrifice avait aspiré leurs dernières forces. Il fallait qu'il s'en souvienne à l'avenir pour éviter ce genre de bordel. Il fallait qu'il se calme et qu'il arrête de les engrosser. En même temps ça faisait partie du « jeu ». C'était amusant de les voir se débattre avec leurs angoisses de femmes, de les voir faire des plans sur la comète d'un ventre qui s'arrondit, d'une chambre à préparer, d'un avenir à envisager. Château de cartes bien fragile sur lequel il soufflait le chaud et le froid pour finalement renverser la table et ruiner tous leurs espoirs.

Pourquoi détestait-il autant les femmes ? Ça avait rapport avec sa mère, lui avait dit une de ses patientes de Perpignan. Peut-être ? Sans doute ? André s'en foutait. D'aussi loin qu'il se souvienne, il n'avait jamais aimé les filles. Ça avait commencé sur les bancs de l'école où la maîtresse semblait clairement afficher ses préférences pour le sexe faible. Il avait vécu sa masculinité comme une punition avant de réaliser qu'il plaisait. Alors à l'adolescence il en avait abusé, multipliant les conquêtes, brisant les cœurs sans état d'âme. Posséder le corps et le cœur d'une femme lui procurait une joie indicible, un sentiment de puissance qu'il ne ressentait nulle part ailleurs.

C'est sans doute pour ça qu'il était devenu chirurgien. Ça lui permettait de se mettre en scène en sauveur, ce qui augmentait considérablement son charisme, mais il adorait aussi les réparer. Sans même qu'elles le sachent, il leur laissait sa marque à tout jamais. Un coup de scalpel par-ci, un point de suture par-là, il faisait d'elles ce qu'il voulait lorsque leurs corps inertes gisaient sur la table d'opération. Le bloc était son autel, son église et il s'y sentait Dieu tout-puissant.

C'était peut-être ça qui avait accéléré les choses. Comment retrouver l'équivalent dans la vie civile, l'omnipotence du chirurgien face au corps de ses patientes ? Il avait donc développé sa manière à lui en usant du bistouri pour couper les âmes et les cœurs, en modelant les esprits selon son bon vouloir jusqu'à les abandonner ou les détruire. C'était sa vie, son plaisir, et cette petite pute de Clara Delattre avait failli tout bousiller.

André expira un grand bol d'air et se redressa dans son fauteuil pour se masser les tempes avec les doigts. Le tissu lui collait à la peau et une sensation désagréable de moiteur lui traversa l'échine. Trois coups à la porte et une nouvelle patiente entra dans le bureau. Elle était jeune, portait une jupe très courte et un débardeur moulant un corps fin. Elle avait des cheveux teints en rouge et un visage en olive. Il lut dans ses yeux une sorte d'angoisse mélangée à beaucoup d'attente. Elle fixait la main avec un air de dégoût et il se dit qu'elle serait une cliente parfaite si Nathalie sortait du jeu. Son téléphone sonna – numéro inconnu –, et il décrocha en pensant qu'il s'agissait d'un confrère tentant de le joindre depuis le bloc.

— Docteur Dussailli, dit une voix d'homme étrangement déformée par un écho indéfinissable.

— C'est lui.

— J'ai besoin de vous voir…

— J'ai une secrétaire, prenez rendez-vous, je vous donne le numéro…

— Non. Je dois vous voir en privé. C'est au sujet de Clara Delattre.

— Vous êtes de la police ?

— Pas du tout… j'ai la preuve que c'est à cause de vous qu'elle est morte… j'appelle pour vous aider.

53

Rhonda attendait dans un couloir de métro, observant à bonne distance Tomar qui patientait sur le quai. Après l'étape du coup de téléphone passée avec brio, ils avaient fixé le rendez-vous à la station Nation, sur le quai de la ligne 1 direction Château de Vincennes. Cette rame de métro automatisée et pourvue de portes vitrées leur permettrait d'effectuer une interpellation propre en minimisant les risques de mauvaises surprises.

Il était tout juste 17 heures – normalement un horaire de pointe –, mais en ce début de mois d'août, un bon contingent de Parisiens avait déserté la capitale, remplacé par des flots de touristes. Le quai se trouvait relativement désert et Tomar piétinait de long en large, un sac plastique à la main. Rhonda n'avait aucune idée de la manière dont son plan marcherait, mais ça valait le coup d'essayer. Elle vérifia le fonctionnement du petit appareil photo numérique qu'elle avait apporté pour immortaliser cette rencontre. Déjà leur client avait mordu à l'hameçon, ce qui n'était pas rien. Restait à transformer l'essai…

Il fallut attendre une bonne demi-heure de plus pour que la silhouette d'André Dussailli apparaisse au bout du quai. Avec son costume élégant et sa démarche pleine d'assurance, Rhonda n'eut aucun mal à le reconnaître. CLAC CLAC. Elle se mit à shooter, profitant d'un angle pour être à l'abri des regards. Il remonta tout doucement et rejoignit Tomar qui lui fit un discret signe de la main.

— C'est vous José ? demanda Dussailli en le dévisageant d'un air suspect.

— Oui, c'est moi qui vous ai appelé, répondit Tomar sans hésiter.

— C'est quoi ces conneries ?

— Je suis maître-nageur à la piscine Pailleron. C'est moi qui ai trouvé le corps de Clara Delattre…

— Et ?

— J'ai découvert quelque chose qui lui appartenait avant le passage des flics, un journal intime.

Tomar aperçut une lueur d'inquiétude lui traverser le visage. Il avait vu juste. Ce carnet était la clé de leur stratégie. Grâce à lui et au micro qu'il portait collé sur le corps, ils avaient une infime chance d'obtenir ce qu'ils voulaient et la seule chose qui puisse le compromettre : des aveux.

— Excusez-moi mais je ne vois pas en quoi ça me concerne, répliqua le chirurgien.

— Ça vous concerne car elle vous cite une bonne dizaine de fois et il y a même votre numéro de téléphone. Comment croyez-vous que je vous ai trouvé ?

— Ça m'étonnerait, je la connaissais à peine.

— Vous foutez pas de moi. Vous voulez que je vous lise les passages les plus croustillants ? Vous êtes un sacré pervers, docteur, et puis c'est quoi cette histoire de main sous cloche dans votre bureau ?

À l'évocation de ce détail, Dussailli fit un pas en arrière comme s'il venait de se prendre un coup au corps. Comment un inconnu pouvait-il être au courant de l'existence de son gri-gri morbide ?

— Qu'est-ce que vous voulez ? Appeler la police ?

— Si j'avais voulu appeler la police je l'aurais déjà fait. Non j'ai des besoins… plus urgents. Si j'ai bien compris vous êtes chirurgien, ça touche un max un chirurgien.

— Vous voulez me faire chanter ?

— Disons qu'on fait un échange de bons procédés. Je ne parle pas aux flics de ce carnet et vous me filez quinze mille euros.

— Quinze mille euros ? Vous êtes malade ?

— D'accord, alors avant de rentrer chez moi, je passe par le premier commissariat et…

— Il est où ce carnet ? coupa Dussailli d'un ton rauque.

Enfin il mordait à l'hameçon. Jusqu'à présent

leur stratagème n'avait servi à rien d'exploitable par un tribunal. Dussailli faisait tout pour éviter de se compromettre mais ce brusque changement de ton laissait présager un revirement de situation, il perdait son sang-froid.

Tomar pouvait imaginer dans quel état mental se trouvait le chirurgien. Pas facile de voir la vérité en face, surtout lorsqu'elle est exposée par un inconnu. Tomar se pencha pour ouvrir le sac plastique qu'il tenait à la main. Il en sortit le calepin vert qu'il mit entre les mains du chirurgien. C'est là qu'il jouait gros. Parce que ce foutu carnet était une pièce à conviction qui devait normalement se trouver dans le placard des scellés. Mais ils n'avaient pas le choix. Dussailli ne rentrerait pas dans la combine sans avoir la preuve de l'existence de ce témoignage. C'était un risque à prendre.

Un long sifflement commença à envahir la station alors que la rame arrivait sur le quai. Rhonda continuait d'immortaliser la rencontre et se tenait prête à intervenir pour finaliser le dernier acte du piège : l'interpellation du docteur avec la preuve de sa culpabilité enregistrée.

Dussailli observa le carnet avant de l'ouvrir et de parcourir du regard l'écriture élégante de Clara. Visiblement, il la connaissait parfaitement.

— Alors on a un accord ? demanda Tomar en le fixant dans les yeux.

— Vous me donnez le carnet ?

— Je ne suis pas assez bête pour ça. Si je vous le donne vous disparaissez avec et adios ma thune.

— Et moi qu'est-ce qui me prouve que vous n'allez pas continuer à me demander de l'argent ?

— Rien. C'est un risque à prendre.

Dussailli tripotait nerveusement le carnet et parcourait les pages du regard, cherchant à se retrouver dans les mots de Clara. Heureusement, son témoignage était trop long pour qu'il puisse tout vérifier et comprendre le subterfuge.

— D'accord…, répondit-il en levant les yeux vers Tomar.

BINGO ! Avec ce simple échange de paroles enregistré sur la bande numérique de son retour micro, Tomar avait suffisamment de biscuit pour le compromettre. Il n'obtiendrait pas grand-chose de plus, il était temps de passer à la suite.

Mais alors qu'il tendait la main pour récupérer le carnet, André le repoussa d'un violent coup de pied en plein ventre. Tomar fut projeté contre un distributeur à boissons rivé contre le mur. Surpris par cette réaction imprévue, il s'écrasa lourdement et le chirurgien en profita pour s'élancer entre les portes vitrées pour entrer dans la rame de métro. Une longue sonnerie marquant la fermeture retentit dans la station. Tomar n'avait que quelques secondes pour agir. Sans hésiter, il se propulsa sur le quai. 3… 2… 1, les portes en verre coulissèrent et il sentit l'une d'elles lui percuter l'épaule. Malgré la douleur, il réussit à se glisser entre les volets de la rame pour rejoindre l'intérieur du wagon. À l'extérieur, il aperçut le visage affolé de Rhonda qui lui faisait des signes. André Dussailli se trouvait à quelques mètres de lui et il ne le laisserait pas s'échapper…

54

Le wagon était bondé de touristes en transit vers le château et le bois de Vincennes et il y régnait une chaleur indescriptible malgré la climatisation censée équiper cette rame moderne. Dussailli s'était jeté en milieu de train et Tomar remontait vers lui d'un pas rapide entre les corps moites des passagers.

Lorsqu'il arriva dans la zone, il aperçut sur le sol plusieurs pages déchirées sur lesquelles était visible l'écriture fine et élégante de Clara Delattre. Ce salopard était en train de se débarrasser le plus rapidement possible du carnet en avançant vers la tête du wagon, effaçant la mémoire de sa victime pour qu'elle soit piétinée et disparaisse définitivement. Tomar sentit la colère monter. Il accéléra le pas et suivit la piste des feuillets de papier qu'il ramassa un à un comme les cailloux du Petit Poucet. Dans quelques minutes la rame s'arrêterait à la station Porte de Vincennes et il risquait de perdre le chirurgien.

À une dizaine de mètres, il aperçut les cheveux grisonnants et le costume clair au milieu d'un groupe d'adolescents. Dussailli était penché en avant, il continuait à déchirer les pages et à les répandre sur le sol. Tomar avança d'un pas moins rapide en se préparant à l'interpellation. Et puis, dans un crissement désagréable, il y eut un brusque coup de frein et une femme en survêtement rose fut projetée sur lui, manquant de le déséquilibrer. Alors que le wagon s'immobilisait en pleine voie, la lumière de la rame se coupa, plongeant les passagers dans le noir. Tomar chercha à repérer sa proie entre les masses sombres qui l'entouraient, mais il avait disparu derrière les silhouettes des ados qui commençaient à s'agiter. Une voix préenregistrée – le train ne possédait pas de conducteur – annonça en trois langues qu'un incident les bloquait pour une durée indéterminée et des souffles d'exaspération se répandirent autour de lui pendant qu'il reprenait sa course vers l'avant.

Il était plus difficile de progresser et il mit un certain temps à rejoindre le groupe de jeunes qui riaient bruyamment, rassemblés contre une barre de soutien centrale. À leurs pieds, Tomar ramassa plusieurs feuillets du carnet et ils le regardèrent avec étonnement, sans pour autant oser lui parler. Une rame plus loin, il aperçut les néons d'un quai perçant dans l'obscurité du tunnel. Il se trouvait en tête de train, Dussailli devait forcément être là, quelque part dans le noir. La lumière revint soudain, en même temps que le vrombissement du moteur et ils reprirent leur route vers la station. Tomar scruta les passagers qui l'entouraient et ses yeux croisèrent ceux du chirurgien qui se tenait contre la porte du wagon juste à côté de lui, prêt à sortir. Le visage de l'homme changea en un instant et il se mit à courir en sens inverse, bousculant au passage un couple de sexagénaires qui protesta en anglais. Tomar se jeta à ses trousses au moment où le métro entrait en gare, amorçant un nouveau ralentissement. Les portes s'ouvrirent et Dussailli fut le premier à poser les pieds sur le quai. Il réussit à parcourir encore un ou deux mètres avant que le poing de Tomar ne se referme sur le col de sa veste et qu'il se voie décoller du sol pour venir s'écraser contre le mur en carrelage blanc de la station.

— Lâchez-moi ! À l'aide ! hurla-t-il à pleins poumons.

— Aucune chance…, répondit Tomar en lui croisant un bras dans le dos pour l'immobiliser.

Une petite troupe de badauds commença à se former autour d'eux et Tomar sentit la peur dans les regards. Les apparences étaient trompeuses et la plupart devaient penser que ce monsieur en costume était victime d'une agression, d'autant plus qu'il continuait à beugler de toutes ses forces. Mais le courage n'étant pas de mise, personne n'osa interrompre cette interpellation musclée. Tomar força Dussailli à remonter le quai sans qu'aucun usager tente de l'en empêcher et grimpa les escaliers jusqu'à une porte discrète cachant le local où se trouvaient généralement les agents RATP. Une jeune femme en uniforme vert sombre lui ouvrit et il lui expliqua la situation en lui demandant d'appeler sa collègue. Dix minutes plus tard, Rhonda débarquait avec trois gars de la brigade RATP et André Dussailli se retrouva menotté et prêt pour un voyage express vers le Bastion. C'était la fin de son parcours toxique. Tomar et Rhonda échangèrent un regard de contentement, ils avaient finalement réussi… ensemble.

55

Monter les marches une à une. Sentir la terre ferme sous ses pieds, la chaleur sèche du bois de la rampe dans ses mains… Depuis son retour parmi les vivants, Ara appréciait le moindre détail. Elle n'était restée que quelques heures dans le vide, le vaste néant dans lequel se nichait l'autre côté de la vie, et cela lui avait pourtant paru une éternité. À son réveil, il ne persistait aucun souvenir précis, juste des émotions et l'impression tenace que son existence valait le coup, qu'elle était un bien précieux en dépit des épreuves. Tomar était là au moment où elle avait ouvert les yeux, il lui avait pris la main et l'avait serrée dans ses bras. Qu'il était fort son fils, comment son corps si frêle avait-il pu abriter les graines d'une telle carcasse ? Pourtant, malgré les apparences, elle connaissait ses fêlures et l'incroyable fragilité de son âme. C'est à ça qu'elle avait pensé en traversant le nuage de la mort. Elle ne pouvait pas partir, pas tout de suite, elle lui devait de le protéger encore un peu, du mieux qu'elle le pourrait.

En rentrant dans le hall de son immeuble, elle s'était interrogée sur cette pauvre femme qui habitait en dessous de chez elle. Arrivée sur son palier, à l'endroit précis où son mari l'avait poussée, elle ne ressentit rien d'autre qu'une profonde tristesse. Elle savait trop bien ce qui allait se passer. L'homme serait condamné pour son geste et elle tenterait de refaire sa vie tant bien que mal, luttant pour donner à sa fille l'amour qu'elle n'avait pas eu. Et puis dans un, deux ou cinq ans, il sortirait de prison et la fuite recommencerait. D'appartement en appartement, de foyer en foyer… on n'échappait pas aussi facilement à la violence. Il aurait sans doute une ordonnance d'éloignement, la justice y veillerait, mais il passerait son existence à essayer de la contourner. Pour voir sa fille, mais surtout pour exercer à nouveau la peur et la domination sur ces êtres qu'il avait malmenés.

Ara ne le savait que trop bien, c'est exactement ce qu'elle avait vécu, exactement ce qui l'avait amenée à tendre la main à cette femme en souffrance, et ce qui l'avait presque tuée, une fois encore. Plus que quelques marches et elle rejoignit son palier. Sur le paillasson, un tas de lettres qu'un voisin avait dû lui monter. Elle ramassa le paquet et, en cherchant ses clés dans son sac, aperçut une enveloppe sans adresse sur laquelle une écriture enfantine avait tracé son nom. Elle l'ouvrit pour découvrir un joli dessin : une maison, deux personnages – une femme et une petite fille – et surtout un grand soleil qui prenait tout le haut de la page. Derrière le dessin, un message – « merci, madame Khan » –, avec un cœur noir. Ara sentit les larmes monter. Tout cela n'avait pas été vain. Ses années de combat dans les montagnes, le déchirement de son exil, la souffrance de son mariage et tout le reste, tout cela avait finalement conduit à sauver cette petite fille. Elle rentra dans son appartement en s'essuyant les yeux du revers de la main. Il était temps de reprendre le cours de sa vie, de reprendre le combat. Mais avant ça, elle devait trouver un cadre et accrocher ce dessin au milieu du salon. Juste à côté de la photo de Tomar et de son frère.

56

Dernier week-end d'août. La vague de chaleur qui accablait la capitale s'était un peu estompée au fil des semaines. Dans quelques jours, les vacanciers retrouveraient leur train-train et Paris grouillerait à nouveau de vie. Rhonda avait quitté son appartement après une matinée studieuse à classer les affaires dont elle désirait se séparer. Faire le vide lui faisait du bien, c'était une manière indirecte de se remettre les idées en place. Wookie l'avait observée d'un œil attentif, miaulant de temps à autre pour commenter ses choix. Elle s'était finalement décidée à l'adopter définitivement et lui avait même acheté un panier en tissu dans lequel il se faisait un point d'honneur à ne jamais poser une patte.

Vers 17 heures, elle prit son sac de sport et se dirigea vers le métro pour rejoindre la piscine Pailleron. Cet étrange pèlerinage se mit en place sans aucune préméditation, comme si c'était la bonne chose à faire pour rendre un dernier hommage à la femme dont le souvenir l'accompagnait depuis leur première rencontre. Dans d'autres circonstances, elle aurait sans doute considéré que retourner sur cette scène de crime avait quelque chose de morbide, mais pas là. Au contraire, dès qu'elle posa le pied sur le carrelage du bassin, anonyme parmi la foule des baigneurs revenus en nombre, elle se sentit apaisée. La lune n'était plus accrochée au-dessus du grand bain, on avait entièrement vidé et récuré la cuve, il ne subsistait rien de ce moment où elle avait croisé Clara Delattre. Pourtant, les bruits des corps brassant l'eau et, les rires des enfants la remplissaient de joie. Ce lieu de désespoir retrouvait la vie, et elle y était sans doute pour quelque chose.

L'enquête se trouvait entre les mains du juge, une date avait même été fixée en « comparution immédiate ». L'issue restait incertaine, mais Rhonda avait fait son job et plus important, elle avait rendu sa mémoire à Clara. Elle se rapprocha de l'entrée du bassin et entra dans l'eau d'un coup. Son corps fut parcouru d'un agréable frisson alors qu'elle commençait à nager dans la ligne. C'était un jour rempli de joie et d'espoir, un jour où l'on oubliait de pleurer sous l'eau…

Hé toi
Qu'est-ce que tu t'imagines ?
Je suis aussi vorace
Aussi vivante que toi
Sais-tu
Que là sous ma poitrine
Une rage sommeille
Que tu ne soupçonnes pas ?

Clara LUCIANI, *La Grenade*

REMERCIEMENTS

Quand j'y repense, j'avoue n'avoir jamais été un grand fan de la documentation. Je puise beaucoup dans mon vécu, mon passé, ma sensibilité au monde et mon imaginaire et je n'utilise la « doc » que pour vérifier des informations. Pourtant depuis quelque temps, j'ai envie de faire un travail plus documentaire dans mon approche de l'écriture. Cette démarche m'a permis de rencontrer des gens fantastiques qui m'ont ouvert des portes souvent inaccessibles ou peu connues. J'aimerais donc particulièrement remercier ces personnes qui ont si gentiment accepté de tout m'expliquer, tout me dire, tout me montrer, tout partager. Je pense d'abord à Yael Mellul dont le travail pour la reconnaissance du « suicide forcé » a été une grande source d'inspiration et d'émotion et dont la lutte acharnée commence à être enfin récompensée. Je pense à Denis Lépée dont la simplicité et la gentillesse m'ont permis de rencontrer l'incroyable Enzo. Enzo, officier en brigade spécialisée de la police judiciaire, m'a non seulement ouvert les portes du Bastion, mais entraîné dans son quotidien d'homme d'action sur le terrain. Que de passion, presque de dévotion il faut pour être flic aujourd'hui. Et puis il y a mon copain Cyril grâce auquel je sais absolument TOUT du fonctionnement des piscines municipales parisiennes. Je n'ai pas pu m'empêcher de t'intégrer à l'histoire, camarade, excuse-moi ! Enfin il y a Dorothée dont j'ai partagé la vie et qui m'a immensément inspiré. C'est elle qui m'a un jour parlé de Myriam, la grande cheftaine des loutres. Elle ne le sait pas, mais ce sont ses réflexions sur la solitude du nageur (et plus encore de la nageuse) qui m'ont insufflé l'âme de ce roman. Bref, Tomar Khan n'est jamais seul pour ses enquêtes, on lui reproche même parfois d'avoir trop de problèmes perso à régler. Eh bien, moi aussi je m'appuie sur l'aide de gens qui m'inspirent. Enfin et surtout, j'aimerais rendre hommage par ce roman à toutes les femmes dont les témoignages bouleversants ont nourri l'indignation et la révolte traversant les personnages du récit. Particulièrement Mathilde, Carole et Amélie dont les histoires tragiques ont inspiré le « journal » de Clara Delattre. Et bien entendu, j'aimerais dédier ce roman à Christina et Marie…

J'espère que notre société évoluera pour permettre à toutes ces victimes de pouvoir sortir la tête de l'eau. Pour les autres il est trop tard, mais nous ne vous oublierons pas.

Du même auteur
aux éditions Calmann-Lévy :

Toxique, 2017
Fantazmë, 2018
Avalanche Hôtel, 2019

Composition réalisée par NORD COMPO

Achevé d'imprimer en France par
CPI BRODARD & TAUPIN (72200 La Flèche)
en décembre 2020
N° d'impression : 3041235
Dépôt légal 1re publication : janvier 2021
LIBRAIRIE GÉNÉRALE FRANÇAISE
21, rue du Montparnasse – 75298 Paris Cedex 06

47/0916/6